기 억 서 점

기 억 서 점

송유정
장편소설

놀

차
례

해가 지지
않는 밤

그날 의사가 물었다.

"어떤 증상 때문에 오셨나요?"

나는 적당한 진실과 능숙한 거짓말로 둘러댔다.

"숨을 쉬기가 많이 불편해요. 막연한 불안감이 드는데 왜 그런지 이유는 잘 모르겠어요."

이제 와 돌이켜보면 어쩌다 그 병원을 찾아가게 되었는지 알 수가 없다. 집과 가까웠던 것도 아니고, 번화가 중심에 있는 것도 아니고, 칭찬으로 가득한 환자들의 후기가 줄줄이 달린 그런 병원도 아닌 곳을. 군이 없는 기억을 더듬어 한 가지 그럴듯한 이유를 찾아보자면 아마 그날은 주말이었을 것이다. 그리고 나는 당장 나를 도와줄 '사람'이, 아니 당장 내게 도움이 될 '약'을 처방해 줄 사람이 필요했으리라.

검색 엔진이 나를 이끈 곳은 차로 15킬로미터나 떨어져 있는 어느 한 시장통의 낡은 건물이었다. 내비게이션이 으레 그러듯 주차장 입구가 아닌 건물의 정문으로 안내해서 '참을 인'자를 새겨가며 주차장 입구를 찾아 헤매야 했다. 하지만 주차장은 애초에 존재하지 않았다. 세 바퀴째 같은 자리를 빙빙 돌고 나서야 노상에 있는 공영 주차장에 차를 댈 수 있었다.

가까이에서 본 건물은 차를 타고 지나가며 얼핏 본 것보다 훨씬 상태가 심각했다. 건물 벽면을 뒤덮은 베이지색 유광 타일은 여기저기 이가 빠져 있었고, 간판들은 하나같이 희뿌연 먼지를 뒤집어쓴 채였다. 입구를 기준으로 왼쪽엔 누군가 그렇게 하자고 약속이라도 한 것처럼 잡동사니를 모아놓고 파는 점포가 있었다. 그리고 오른쪽엔 20년 전 내가 초등학생 때나 볼 수 있었던 구식 문방구가, 이것 역시 누군가 그렇게 하자고 약속이라도 한 것처럼 커다란 '복福' 자를 새긴 빨간 돼지저금통을 문 앞에 둔 채 팔고 있었다.

출입문 하나 없이 검게 입을 벌린 건물 안으로 들어서자 지하실에서나 날 법한 차가운 곰팡이 냄새가 났다. 나는 위아래로 뻗은 계단과 굳게 닫힌 엘리베이터 문을 번갈아 보다가 투명한 플라스틱 버튼을 눌렀다. 방향을 표시하는 은색 삼각형 주변으로 주황색 불빛이 굴절하듯 번졌다. 이마저도 어릴 때나 보던 1990년대 스타일의 버튼이었다.

한참을 기다리자 엘리베이터 문이 덜컹거리는 소리를 내며 열렸다. 여느 엘리베이터가 그렇듯 양쪽으로 열리는 것이 아닌, 화물 엘리베이터처럼 한쪽으로 문이 열려버린 탓에 조금 당황스러운 마음이 들었다. 게다가 문은 한 방향으로만 나 있는 것이 아니었다. 거울 혹은 벽으로 되어 있어야 마땅할 곳에 같은 방식의 문이 하나 더 있었다. 나는 내가 폐소 공포증을 가진 환자임을 상기하며 자연스럽게 등 뒤쪽의 계단으로 시선을 돌렸다. 당장 멈춘다고 해도 이상하지 않을 만큼 오래된 엘리베이터의 내부가 자꾸만 나를 밀어내는 느낌이었다. 결국 나는 숨막히는 압박감에 버튼을 누르고 있던 손을 뗐다. 엘리베이터는 기다렸다는 듯 덜컹거리며 열어놓았던 제 속을 감추었다.

뒤를 돌아 촘촘하게 뻗은 계단을 올려다보았다. 층별 안내문도 없이 텅 비어 있는 계단 위로 휘잉 바람이 불었다. 나는 오소소 소름이 돋아난 목덜미를 미지근하게 식은 손바닥으로 문지르며 생각했다. 아무리 그래도 시내 한복판에 있는 건물

인데 무슨 일이야 있겠느냐고.

병원은 3층에 있었다. 왜 병원은 대부분 3층에 있을까? 법으로 정해져 있는 건가? 이런저런 쓸데없는 생각을 하며 계단을 오르니, 층계 끝에 원래 그렇게 만들어진 건지 세월의 흔적때문인지 알 수 없는 불투명한 유리문이 나타났다. 가까이서 들여다봐도 안이 전혀 보이지 않는 문엔 '한마음 의원'이라는 글씨가 초록색 스티커로 정직하게 붙어 있었다.

그냥 돌아갈까?

잠깐의 망설임도 없었다면 거짓말이겠지만, 여기까지 애써 찾아온 데엔 그만한 이유가 있었다. 나는 손을 대는 것조차 싫어 왼쪽 어깨로 대충 문을 밀며 들어갔다. 아래쪽으로 두꺼운 바람막이를 대어놓은 문에선 꽤나 신경을 거스르는 마찰음이 일어났고, 머리 위에선 그와 상반되는 종소리가 '딸랑' 청아한 소리를 내며 울렸다.

다난한 과정을 거쳐 마침내 병원 안으로 발을 들인 나는 일순간 할 말을 잃었다. 병원은 그야말로 시대를 역행한 느낌이었다. 혹시 내가 타임머신을 타고 과거로 건너온 건 아닐까 싶은, 말도 안 되는 착각마저 들었다. 모든 시간이 그냥 멈춰버린 느낌. 공기를 타고 돌아다니는 먼지조차 일순간 움직임을 멈춘 듯한 곳에서 나를 현실로 데려온 것은 출입문 맞은편 접수처에 앉은 중년의 간호사였다. 나는 소매 끝에 감춰두었던 두 손을 애꿎게 내려다보았다. 설마 그럴 리는 없겠지만, 과학적으로는 설명할 수 없는 어떤 현상에 휩쓸려 내가 90년대의 꼬맹이가 되어버린 건 아닐까 하는 걱정이 들었다. 물론 내 두 손은 멀쩡했고, 대기실이라고 부를 것도 없는 자그마한 공간을 지나 접수처 앞에 섰을 땐 접수대 위에 놓인 탁상 달력이 지금이 2023년임을 정확히 알려주고 있었다.

"예약하셨어요?"

"아니요, 처음 왔어요."

"처음 오셨으면 앞에 종이 먼저 적어주시고요. 앞에 진료 대기중인 환자분들이 계셔서, 앉아 계시면 불러드릴게요."

연노랑 카디건을 입은 간호사가 시선도 주지 않고 말했다. 적당히 무관심하고 적당히 무료한 목소리가 이 공간과 잘 어울린다고 생각했다. 나는 어색한 몸짓으로 소파에 앉으며 주위를 둘러보았다. 지팡이를 짚은 할아버지 한 분과 어쩐지 서로 등을 돌리고 있는 모녀가 각각 소파 끝과 중간에 적당한 거리를 두고 앉아 있었다. 그러니까 대기실에 모여 있는 모든 것이 저마다의 적당함으로 존재했다. 심지어는 뉴에이지 음악 하나조차 틀어놓지 않은, 고요 속의 적막마저도.

"김지원 님 진료실로 들어가세요."

차마 떨어지지 않는 걸음을 옮겨 진료실로 향했다. 동그랗고 차가운 쇳덩어리를 오른쪽으로 돌리자, 녹이 슨 것은 비단 겉모습뿐만이 아니었는지, 기다렸다는 듯 끼익하며 낡은 문의 경첩 소리가 들렸다. 나는 누렇게 빛이 바랜 진료실로 조심스러운 걸음을 내디뎠다.

"김지원 님, 어떤 증상 때문에 오셨나요?"

고장난 로봇처럼 삐거덕거리는 내 얼굴을 보자마자 상투적인 질문을 던진 의사는 어딘가 날이 바짝 선 눈매로 플라스틱 차트 판을 뒤적이고 있었다.

"저……."

"네, 말씀하세요."

"숨을 쉬기가 많이 불편해요. 막연한 불안감이 드는데, 왜 그런지 이유는 잘 모르겠어요."

"밤에 잠은 잘 주무시나요?"

"아니요, 전혀…… 요즘 계속 잠을 못 자고 있어요. 잔다 해도 잠깐뿐이고, 가위도 눌리고……."

"최근에 무슨 특별한 일이 있었나요? 스트레스를 유발할 만한 것이라든지."

못해도 50대 이상은 되어 보이는 남자가 푹신한 가죽 의자에 앉아 내게 물었다. '전문의 서태형'이라고 파란색 자수가 놓인 의사 가운을 입지 않았다면 동네에서 흔히 볼 수 있을 법한 아저씨가 나를 쳐다보지도 않고, 종이 차트에만 시선을 박은 채로 그렇게. 나는 점점 더 불안한 기분이 되어 핸드폰을 잡은 손에 힘을 주었다. 무엇을, 어디서부터 어떻게 말을 해야 할지 감이 오지 않았다. 한동안 괜찮은 줄 알았던 내 무의식 속 질병들이 왜 다시 깨어나 내 인생을 좀먹고 있는지를, 그 이유는 내 팔 한편에 새겨진 문신처럼 분명했지만, 나는 쉽게 입을 떼지 못했다.

"……."

"……."

누구도 말을 하지 않자, 진료실 안을 가득 채운 정적의 무게가 짙어졌다. 뱉어내려고 하면 울컥 눈물부터 나는 단어 하나를 떠올리며 어떻게든 울지 않고 말을 하기 위해 노력했다. 내 맞은편에서 도저히 알아볼 수 없는 글씨체로 차트를 적어가던 의사는 나 같은 환자는 이미 많이 겪어봤다는 듯 지루하기 짝이 없는 얼굴을 애써 감추지 않았다. 나는 침을 몰아 삼키고 마른 입술을 움직여 조금씩 문장을 만들었다. 내가 쏟아내는 말들은 떨리는 목소리에 흔들리고 기울어져 마치 그의 글씨체처럼 엉망이 된 채 바닥으로 떨어졌다.

"얼마 전에…… 엄마가 돌아가셨어요."

"돌아가신 지는 얼마나 되셨죠?"

"7년 정도…… 됐어요."

"7년?"

"네."

마침내 의사가 고개를 들어 내 얼굴을 쳐다보았다. 의중을 알 수 없는 눈빛이었다. 나는 그런 그의 시선을 견딜 수 없어 지그시 눈을 감았다. 그는 긍정인지 부정인지 모를 한숨을 크게 내쉬며 다시 사각사각 펜대를 놀렸다.

"애도 기간이 좀 기네요?"

"애도 기간이…… 길다고요?"

"네. 문자 그대로예요. 우린 누군가가 죽으면 그 죽음을 슬퍼하죠. 그런데 환자분은 그 기간이 지나치게 길다는 뜻이에요. 이미 애도 기간은 끝나고도 남았어야 하는데."

"……."

"그렇게 붙잡고 있는다고 해서 괜찮아질 수 없어요. 오히려 나아지는 게 없죠."

애도 기간이 지나치게 길다……. 나는 꾹 다문 입 속에서 그 말들을 되새겼다. 애도 기간이 지나치게 길다. 애도 기간이 지나치게 길다……. 아무리 애써봐도 이해할 수 없는 말들에 눈꺼풀이 느리게 움직였다. 엄마가 돌아가신 것에 대한 슬픔을 간직하기에 그 기간이 터무니없이 길다. 오랜 시간을 고민한 끝에 해석한 말이 내 숨통을 조여왔다.

"우선 일주일 치 약을 처방해 드릴게요. 자기 전 먹는 약엔 수면제가 들어 있으니까 당분간 운전할 일 있으면 조심하시고. 일주일 동안 경과를 지켜본 후에 약이 안 맞으면 그때 다시 얘기하는 걸로 하시죠."

의사가 말했다. 나는 더 대꾸할 힘도 없어 불편하기 짝이 없는 의자를 뒤로 밀고 일어났다. 과거로 돌아간 듯 꿈처럼 느껴지던 공간은 사실 악랄하고 악독한 현재의 현실에 불과했다.

모든 깨달음은 이렇듯, 너무 느리게, 후회를 동반하며 찾아온다.

며칠째 글을 쓰지 못했다. 잠을 자기 위해 누우면 침대가 몸을 밀어내고, 무서울 정도로 고요한 어둠이 짓눌러 도저히 숨을 쉴 수도, 잠을 잘 수도 없었다. 불면의 밤은 점점 더 깊어져만 갔고, 낮엔 몽롱한 정신에 휘둘려 넋을 놓고 지냈다. 낮이고 밤이고 할 것 없이. 해가 뜨고 달이 져도 잠은 오지 않았다. 그런 날이 지속될수록 머리는 터질 것처럼 아팠고 눈알은 금방이라도 쏟아질 것처럼 욱신거렸다. 거울 속 나는 벌겋게 핏대가 선 눈으로 겨우 시간을 버텨내고 있었다.

　지나치게 감정을 속으로 삭이는 것이 문제일까. 어릴 적부터 나는 내 감정에 솔직하지 못했다. 생각해 보면 착한 아이 증후군 같은 것이 있었는지도 모른다. 나는 뭐든 스스로 잘 해내는 아이이고 싶었으며 언제나 엄마 아빠의 기대이고 싶었다. 애초에 문제는 거기서부터 시작됐던 것 같다.

나는 내가 가진 유일한 재능을 고해의 수단으로 삼아 컴퓨터를 켜고 하얗게 빈 창을 마주했다. 직업 작가로서 내가 써 내려가는 글자 하나하나에 생계가 걸려 있다는 문제는 둘째치고, 나는 가슴속에 이미 딱딱하게 굳어 있는 것들을 까만 글자로 만들어 몸 밖으로 토해내야만 했다.

생각을 해. 생각을.

내 의지와는 상관없이 다그치듯 깜빡이는 커서를 보며 문장을 쥐어짰다. 그 어떤 의미도 없이 나열되는 단어들은 망설임이 잔뜩 묻은 손끝에서 새겨졌다가 흔적도 없이 사라졌다. 해소와 해결, 치료를 위해 시작한 일로 오히려 무기력함과 무능함을 동시에 느꼈다. 나는 애꿎은 키보드만 괴롭히며 답답한 숨을 내뱉었다.

첫 단어, 첫 문장, 첫 문단, 그리고 첫 페이지. 글을 쓸 땐 언제나 이것이 문제였다. "시작이 반이다", "첫 단추를 잘 꿰어야 한다" 같은 구태의연한 말들은 모두 다 사실이었다. 그 부분만 넘어가면 그 뒤는 조금씩 쉬워질지도 모르는데, 나는 한 달이 넘도록 단 한 글자도 쓰지 못했다.

넌 너를 너무 몰아세우는 경향이 있어.

갑자기 떠오른 목소리 하나에 온몸이 밧줄로 묶인 듯 굳어 버렸다. 누구의 목소리인지, 누가, 언제 했던 말인지 알 수 없었다. 다만 나를 아는 사람마다 했을지도 모르는 그 말이 짧은 순간 뇌리에 박혔다.

집 안에 틀어박혀서 글만 쓰지 말고 좀 걸어. 기분 전환엔 걷는 게 제일 좋다더라.

잇따라 들리는 말이 나를 작업실 밖으로 밀어냈다. 거실로 나와 널찍한 창밖으로 보이는 세상이 온통 회색빛으로 죽어 있었다. 날카로운 바람을 이겨내지 못한 낙엽들은 모두 바닥으로 추락했고 앙상하게 남은 가지들이 허공을 향해 휘적휘적 마른 손을 저었다. 유독 춥기만 한 겨울이었다.

나는 겨울을 좋아하지 않는다. 차가운 물기가 느껴지는 새벽 공기, 길게 이어지는 밤, 멀리서 찾아오는 아침. 그것 외엔 겨울을 사랑해야 할 이유보다 싫어해야 할 이유가 더 많았다.

끝을 모르고 떨어지는 영하의 기온과 같은 내 기분이 그랬고, 현관문 밖으로 단 한 발자국도 나가지 못하게 하는 심술궂은 추위가 그랬다. 나는 겨울잠을 자는 곰처럼 가을이 물러가면 컴컴한 동굴 속에 몸을 숨겼다.

그래도 오늘은 조금 걸어볼까, 하는 생각이 들었던 것은 얼마 전 인터넷에서 본 이야기 때문이었다. 이누이트들은 화가 나면 화가 풀릴 때까지 무작정 걷는다는 이야기. 화가 풀릴 때까지 한참을 걷고 또 걷다가 화가 다 풀리면 그제야 멈춰서 지금까지 걸어온 길을 되돌아간다는 이야기. 그래서 돌아오는 길은 뉘우침과 용서의 길이라고 말하는, 바로 그 이야기에 마음이 동한 것이었다. 나는 그나마 몇 벌 있지도 않은 겨울옷을 걸쳐 입고 현관문을 나섰다. 등 뒤에서 철문이 무겁게 닫혔다.

이곳으로 이사 온 지는 그리 오래되지 않았다. 오자마자 겨울로 접어드는 바람에 어디에 무엇이 있는지 잘 알지도 못했다. 그래서 그저 발이 닿는 대로 걸었다. 두꺼운 패딩 주머니에 손을 찔러 넣고 희뿌연 입김을 퍼트리며 정처 없이 걷고 또 걸었다.

금방이라도 살을 베어버릴 듯 불친절한 바람에 몸이 움츠러들었다. 걷다 보니 병원에서 받았던 약을 쓰레기통으로 던져버린 그날의 기억이 떠올랐다.

"애도 기간이 좀 기네요? 문자 그대로예요. 우린 누군가가 죽으면 그 죽음을 슬퍼하죠. 그런데 환자분은 그 기간이 지나치게 길다는 뜻이에요. 이미 애도 기간은 끝나고도 남았어야 하는데."

그날 진료실에서 들었던 말이 질척이는 곤죽처럼 머릿속에 들러붙었다. 수납을 하고, 다음 예약을 마친 뒤 대기실에 앉아 약이 조제되기만을 기다리던 그 시간이 어찌나 더디게 느껴지던지. 누군가 시간의 개념을 일부러 바꿔놓은 듯했다. 핸드폰 액정 화면에 반듯하게 새겨진 숫자들도 좀처럼 다음 단계로 넘어갈 줄을 몰랐다. 모두가 돌아가 버린 진료실은 적막했고 나의 인내심은 언제든 끊어질 준비를 하고 있었다. 그런데 그 순간, 절대 열리지 않을 것 같던 병원 문이 벌컥 열리며 한 남자가 대기실로 들어섰다.

남자는 씩씩대는 숨을 몰아쉬며 접수대를 지나쳐 단번에 진료실 문을 박차고 들어갔다. 하지만 그 안에 의사는 없었다. 나를 마지막으로 그날의 진료를 접고 아직 남아 있는 진료 시간 중에 이른 퇴근을 해버렸기 때문이었다.

"저기, 여기 아무도 없어요?! 저기요!!!"

파랗게 질린 남자가 접수대 너머 조제실을 향해 소리쳤다.

그러고는 초조하게 방황하던 걸음을 멈추고 갑자기 우뚝 서서 왼쪽 팔목에 감긴 손목시계를 들여다보았다. **째깍. 째깍.** 남자의 눈동자가 사방으로 흔들릴 때마다 불안을 재촉하는 시계 초침 소리가 내 귓가에도 선명히 들리는 듯한 착각이 일었다. 남자는 마치 소중한 보물이라도 되는 것처럼 계속해서 손목시계를 매만졌다. 대체 언제부터 그렇게 반복해 왔는지, 헤드는 새것처럼 반짝거렸으나 남색 가죽으로 된 끈은 그에 비해 헐거워지고 빛이 바래 있었다.

"저기요! 좀 나와보시라고요! 사람이 죽는다고!!!"

사람이 죽는다고.

남자는 잠시도 참을 수 없다는 듯 다시 한번 조제실을 향해 소리쳤다. 물론 홧김에 내뱉은 말이겠지만 그 짧은 문장 하나에 가슴이 쿵쾅거렸다. 귀에서 삐익, 이명이 들리며 평평하던 바닥이 파도처럼 올라왔다. 나는 눈을 감고 고개를 비틀었다. 공황발작에 대비한 일종의 방어기제였다.

"저기요…… 제발……."

벽에 걸린 시계의 분침이 한 칸 앞으로 나아갔다. 1분의 시간이 더해지는 것을 본 남자는 부들거리는 입술을 말아 문 채

소리 지르기를 멈췄다. 남자와 나는 같은 공간에 있지만, 마치 다른 곳에 존재하는 것처럼 철저히 분리되어 있었다. 그가 입을 다문 대기실엔 처절한 적막만이 가득했다.

"김지원 님, 약 나왔습니다."

시간이 얼마나 지났을까. 제풀에 지친 남자가 접수대 앞에 털썩 주저앉자 때마침 조제실에서 나온 간호사가 내 이름을 불렀다. 나는 초점 잃은 남자의 곁을 잔뜩 경계하며 지나, 약봉지를 받아들고 황급히 병원을 빠져나왔다.

계단을 걸어 내려가는 내내 손에 든 약봉지에서 바스락거리는 소리가 났다. 상담 시간은 5분도 채 되지 않았던 것 같은데 그 외의 것들에 빼앗긴 시간이 너무 많았다. 병원 문을 나서며 이렇게 시간이 아깝게 느껴진 건 처음이었다.

나는 감정 없이 텅 비어 있던 의사의 눈과 넘치는 감정으로 일렁이던 남자의 눈을 번갈아 가며 떠올렸다. 그리고 이내 정해진 순서처럼, 대로변에 놓인 쓰레기통 안으로 약봉지를 던져 넣었다.

그로부터 3주의 시간이 지났다. 처방받은 수면제를 무참하게 버린 대가로 나는 지독한 불면증에 시달려야 했다. 하지만 그 약은 절대 먹어서는 안 될 독약처럼 느껴졌다. 두툼하게 솟아오른 약봉지를 볼 때마다 의사가 내게 남겼던 불쾌함과 남자가 내게 심어주었던 불안함이 동시에 떠오를 것 같다는 불길한 예감이 들었다. 어쩌면 이 병을 낫게 하는 건 각종 화학 물질로 제조된 알약이 아니라 다른 것일지도 몰랐다.

휘잉, 일순간 날카로운 바람소리가 귓가를 스쳤다. 뺨을 때리듯 매섭게 들러붙는 바람에 나는 선 채로 꿈을 꾼 사람처럼 도리질을 쳤다. 그리고 머잖아 툭, 투욱, 무언가 어깨를 때리며 바닥으로 떨어진다 싶더니 후두둑후두둑 예기치 못한 비가 내렸다. 창문 밖으로 보이던 회색빛 하늘은 겨울의 쓸쓸함이 아닌 물기를 머금고 있던 모양이었다. 무방비 상태로 마주한 급우는 실내에서 보는 것처럼 그리 반갑지 못했다. 나는 아무짝에도 소용없는 손 우산을 머리에 쓰고 당장 눈에 보이는 처마 밑으로 몸을 숨겼다. 한겨울에 맞은 물벼락에 이가 다닥다닥 부딪칠 만큼 짙은 한기가 몰려왔다.

"진짜…… 되는 일 하나 없다."

물에 젖은 생쥐 꼴을 한 채로 처량하게 비를 피하고 있는데, 문득 그런 생각이 들었다. 그래도 나름대로 잘 버티며 살고 있다 믿었는데, 세상은 작정이라도 한 듯 자꾸만 날 벼랑 끝으로 내몰았다. 하는 것마다 엎어지고, 넘어지고, 부서지고, 깨어지고. 이젠 하다못해 마른하늘에 날벼락까지. 비를 맞은 건 몸인데 어쩐지 가슴 한편에 구멍이 뻥 뚫린 것처럼 복잡한 바람이 불었다.

사람이 죽는다고!!!

이런 심정이었을까, 그때 그 남자는. 지푸라기라도 잡듯 아득바득 외치던 목소리가 귓가에 맴돌았다. 대체 남자는 무엇이 그리도 절박했을까. 나는 옷과 머리에 붙은 빗줄기가 마치 지나친 상념이라도 되는 것처럼 몸을 흔들어 빗방울을 털어냈다. 비는 점점 더 굵게 내리고 있었다.

타당타당, 총알 같은 빗소리가 들렸다. 나는 뒤늦게 고개를 들어 운 좋게 피한 처마가 플라스틱 차양이 아닌, 녹슨 슬레이트 덮개라는 것을 알아냈다. 그리고 보니 발을 딛고 선 데크마저도 닳고 닳아 여기저기 홈이 파여 있었다. 한참을 멍하니 서 있던 자리에서 걸음을 물리고 주위를 둘러보니 건물 자체가 무척 낡았다는 느낌이 들었다. 요즘은 흔히 볼 수 없는 단층 건물에 불투명한 유리를 끼우고 있는 창살 역시 오래된 나무로 만들어진 것이었다. 금방이라도 삐거덕거리는 소리를 내며 빽빽하게 옆으로 밀릴 것 같은 출입문엔 '열림'이라는 글자가 쓰여 있었다.

"여긴…… 뭐 하는 곳이지?"

간판이 보이지 않는 처마 밑에선 얻을 수 있는 정보가 거의 없었다. 이곳 창문엔 영업시간을 알리는 그 흔한 스티커조차 붙어 있지 않았다. 나는 하는 수 없이 쏟아지는 빗속으로 걸어 나갔다. 눈앞으로 무섭게 들이치는 빗줄기 때문에 선명하게 보이진 않지만, 건물 벽면에 작은 간판 하나가 붙어 있었다.

ㄱ 서점

"기역 서점? 특이한 이름이네."

다시 처마 밑으로 들어와 옷이며 머리에 묻은 물기를 털어냈다. 그런데 그때, 미지근한 바람이 내 목덜미를 스윽 스치고 지나 닫혀 있던 서점의 문을 톡 하고 건드렸다. 나는 무언가에 홀린 듯 뒤를 돌아보았다. 돌아본 곳엔 낡은 서점의 미닫이문이 손가락 하나가 겨우 들어갈 만큼 열려 있었다. 나는 눈을 깜빡였다. 보아하니 아직 비가 그치려면 시간이 한참 남은 것 같고, 차가운 빗줄기를 뚫고 정처 없이 걸어온 그 길을 되짚어 집에 갈 엄두는 나지 않았다.

"서점이라…… 뭔가 쓸 만한 게 좀 있으려나?"

나는 막힌 글을 뚫어줄 티끌 같은 희망이 그곳에 있길 바랐다. 다른 사람이 쓴 좋은 글을 보면 생각지도 못한 영감을 받을 때가 있었다. 어차피 시간은 많으니 서점을 둘러보는 것도 그리 나쁘지 않겠단 생각이 들었다. 나는 열려 있는 문틈으로 손을 집어넣어 미닫이문을 열었다. 군데군데 칠이 벗겨진 고동색 문은 삐걱거리는 소리 하나 없이, 예상을 뒤엎고 부드럽게 밀려났다. 서점 안으로 몸을 들이고 출입문을 다시 제자리로 돌려놓자 거짓말처럼 빗소리가 멀어졌다. 나는 인기척 하나 느껴지지 않는 서점 안으로 조심스레 걸음을 옮겼다.

"······."

이상하다.

분명 바깥은 비가 내리고 있었다. 한여름에 쏟아지는 폭우
처럼 아리고 세차게 내리는 비였다. 한두 방울씩 떨어지던 것
들은 줄기가 되었고 이내 무더기가 되었다. 멍하니 서 있던 내
몸을 때리고 회색빛 아스팔트를 검게 물들이던 빗줄기는 귀
가 아플 만큼 거칠고 날카로운 소리를 내며 흩어졌다. 그런데
지금은, 힘없어 보이는 미닫이문 하나를 닫는 것만으로 천지
를 뒤흔들던 소음이 흔적도 없이 사라졌다. 순간적으로 세상

이 음소거된 듯한 건 기분 탓일까. 끝나지 않을 것처럼 이어진 불면 때문에 요 며칠 그림자처럼 따라다니던 이명이 드디어 내 귀에 무슨 문제라도 일으킨 걸까. 나는 불안한 마음으로 앞에 펼쳐진 광경을 하나하나 눈에 담았다.

서점 안은 밖에서 보는 것보다 훨씬 더 크고 천장이 높았다. 마치 코끼리를 냉장고에 넣어놓은 것처럼 말이 되지 않는 광경이었다. 내가 지금 꿈을 꾸고 있는 걸까, 그게 아니라면 공간 감각까지 망가져 버린 걸까. 내가 발을 딛고 있는 복도를 중심으로 끝도 없이 늘어선 책장엔 책들이 가득했다. 혹시 사방에 들어찬 저 책들이 바깥세상의 소리를 모두 잡아먹은 건 아니겠지. 말도 안 되는 생각이 머릿속에 차오르자 불현듯 심장이 두근거렸다.

"……뭐야, 이거."

아무래도 나가는 게 좋겠다. 불길한 기운은 배신하는 법이 없었다. 공황발작이 일어나기 전에 당장 이곳을 빠져나가야 했다. 그런데 곧바로 뒤를 돌아 문손잡이를 잡아챈 내 눈앞에 따스한 빛이 스며들었다. 낡은 미닫이문 바로 옆에서 들이치는 햇빛이었다. 그새 비가 그쳤나? 아니, 그럴 리가 없다. 그 비는 이렇게 쉽게 그칠 비가 아니었다. 백번 양보해서 갑작스레 그쳤다고 해도, 까맣게 하늘을 뒤덮고 있던 먹구름을 비웃기라도 하듯 창문 사이로 스며드는 햇살은 뭔가 잘못돼도 단단히 잘못된 게 분명했다. 나는 굴곡 하나 없이 내리쬐는 햇빛 속으로 손등을 집어넣었다.

"……따듯, 하다."

기다렸다는 듯 느껴지는 온기에 소름이 돋았다. 식은땀인지 더운 땀인지 모를 것이 손바닥을 적셔 손잡이를 잡고 있던 손이 미끄러져 내렸다. 통제할 수 없는 상황에 두려움이 앞섰다. 그런데 정말 이상한 것은, 그 두려움을 넘어 말로 설명할 수 없는 안도감과 호기심 같은 것들이 밀려들고 있다는 사실이었다. 발아래로 떨어지는 햇살이 무슨 진정제라도 되는 것처럼.

나는 땀에 젖은 손을 바지에 문질러 닦고 숨을 골랐다. 괜찮아, 괜찮아, 하고 다독이자 심장 박동수가 조금씩 떨어졌다.

"저, 안녕하세요. 아무도 안 계세요?"

마른침을 삼키고 고개를 돌려 다시 한번 서점을 마주했다. 책장을 밝히고 있는 조명들은 창문에서 스며드는 햇빛과 같은 색이었고, 저 멀리 그보다 더 밝은 빛 아래, 처음엔 미처 발견하지 못했던 아름드리나무가 나를 보고 서 있었다.

어떻게 이걸 못 봤을 수가 있지? 무언가에 홀린 듯 나무가 있는 곳으로 다가가며 생각했다. 게다가 이게 실내에서 자랄 수 있는 건가? 높은 천장과 맞닿은 초록색 이파리를 보며 나도 모르게 그런 의문이 들었다. 나무는 마치 이 공간과 하나인 듯 서점 바닥에 뿌리를 내리고 그 주변으로 이름을 알 수 없는 꽃까지 피우고 있었다.

에이 설마, 가짜겠지. 이렇게 작은 건물에 이렇듯 커다란 나무가 자라고 있다는 사실이 믿어지지 않아 나도 모르게 그 주위를 빙빙 맴돌았다. 그러다 손끝에 스친 가지에 손가락이 긁혀 새빨간 피가 맺히는 것을 보고 이 나무가 살아 있음을 실감했다. 게다가 물에 젖은 흙냄새와 미미하지만 향긋하게 퍼지는 풀냄새, 꽃냄새가 공간에 생동감을 더했다. 그러니까 지극히 평범하지만, 이토록 완벽하게 이상하기까지 한 서점은 꿈이 아니었다.

나는 왔던 길을 되짚어 입구 쪽 책장을 살펴보았다. 책장 속 책들은 서점이라는 말이 무색할 정도로 모서리 부분이 닳고, 원래는 하얬을 속지가 누렇게 빛이 바랜 상태로 각을 맞춰 꽂혀 있었다. 중고 서점 뭐 그런 건가? 오랫동안 방치된 듯 뿌옇게 먼지가 쌓인 책을 보며 생각했다. 호기심이 동해 손끝에 걸리는 책 중 하나를 아무렇게나 집어 들었다. 어쩐지 익숙한 그림체와 글씨체로 『장영실』이라고 적힌 낡은 책이었다.

"어? 이거 어릴 때 내가 좋아하던 책인데?"

책을 쥐고 있는 손 주변으로 가벼운 바람이 불었다. 딱딱한 겉표지를 넘기고 손때가 묻은 책장을 후루룩 넘기자, 아주 오랜 시간 동안 잊고 지냈던 냄새가 훅 하고 끼쳐왔다. 나는 책장 안으로 코끝을 가져다 댔다. 이 냄새는 내가 어린 시절을 보냈던, 하지만 이제 두 번 다신 돌아갈 수 없는, 우리…… 집 냄새였다.

우리 집은 이사를 자주 다니지 않았다. 엄마 아빠가 결혼을 하고 내가 태어났던 도심 외곽의 오래된 빌라에서 대도시에 있는 아파트로 이사를 하기까지 딱 5년의 시간이 걸렸다. 그 사이 두 살 터울의 남동생이 태어났고, 아빠는 건설업체의 사장님이 되어 30평대의 아파트를 자가로 마련했다. 나는 그 집에서 스무 살이 되던 해까지 15년을 살았다.

엄마는 그 집을 아주 많이 아끼고 사랑했다. 집 안 곳곳 어디 하나 빠뜨리지 않고 꼼꼼한 눈썰미와 다부진 손길로 인테리어 업자들을 진두지휘했다. 우리 가족이 머물 공간을 그야말로 완벽하게 꾸며놓는 것이 그 당시 이뤄낸 이른 성공에 대한 엄마의 축하 방식이었다.

우린 모두 그 집에 자부심이 있었다. 같은 아파트에 사는 이웃들도 같은 평수와 구조인 자신들의 집보다 우리 집이 훨씬 더 넓은 것 같다며 엄마의 감각을 칭찬했다. 그 집에서 나와 내 동생은 청소년기를 지나 성인이 되었다. 이후로도 영원히 함께할 것만 같았던 그 집은 내가 스무 살이 되던 해 경매로 넘어갔다.

나는 멍한 기분이 되어 책을 잡은 손을 움직이지도 못하고 서 있었다. 간신히 책장에서 떼어낸 코끝엔 아직도 선명하게 그리운 냄새가 가득 남았다. 나는 경기를 일으키듯이 겨우 정신을 차리고 뭉텅뭉텅 페이지를 넘겨 맨 뒷장을 펼쳐 들었다. 거기엔 초록색 사인펜으로 삐뚤빼뚤한 글자가 적혀 있었다.

신분의 벽을 뛰어넘은 장영실은 정말 대단하다. 오늘부터 가장 존경하는 위인은 장영실로 말하겠다고 다짐했다. ★★★★★

"……말도 안 돼."

너무나도 익숙한 글씨에 숨이 막혔다. 시간의 벽에 갇힌 듯 과거에 멈춰 있던 그때 그 병원을 처음 방문했을 때처럼, 지금 나는 아주 먼 옛날로 돌아온 기분이었다. 내가 마주하고 있는 건 일곱 살의 내 모습이었다.

나는 바보같이 헤벌리고 있던 입을 다물고 재빨리 다른 책을 꺼내보았다. 『헬렌 켈러』. 조금 전 봤던 책과 같은 출판사에서 나온 위인전 전집 중 하나였다. 물에 젖었다가 마른 듯 우글우글 주름져 있는 속지에 입안이 바싹 말랐다. 어쩌면 흔하게 벌어질 수 있는 우연에 대한 지나친 기우일지도 모르지만, 확실히 해두어서 나쁠 것은 하나도 없었다.

이번에도 뭉텅뭉텅 책장을 넘겼다. 왼쪽으로 쥐어지는 책장의 무게가 무거워질수록 심장이 더 빠르게 뛰었다. 나는 무엇을 기대하는지, 또 무엇을 걱정하는지도 모르는 채 무작정 끝을 향해 달려갔다. 이윽고 헬렌 켈러의 위대한 생을 마치며 아이보리색 면지가 드러났다. 그곳엔 파란색 사인펜으로 이렇게 적혀 있었다.

나는 보이지 않는 것이 가장 두렵다. 만약 나였다면 헬렌 켈러처럼 좋은 선생님을 만난다고 해서 장애를 극복할 수 있었을까? 솔직히 잘 모르겠다. ★★★★★

이로써 확실해졌다. 여기, 이 책장에 꽂혀 있는 위인전은 모두 내 것이었다. 아직 책갈피를 사용하는 습관을 들이지 못해 한쪽 귀퉁이를 세모로 접어 읽던 곳을 표시한 자국이나, 실수로 흘린 오렌지주스가 스며든 흔적, 동생과 다투다 떨어뜨려 하드커버로 된 표지의 모서리가 일그러진 자취 같은 것들이 모든 가정을 사실로 증명했다.

나는 한걸음 뒤로 물러나 줄지어 늘어선 책들을 바라보았다. 맨 아래 칸부터 위에서 세 번째 칸까지 차례로 꽂힌 위인전이 끝나면, 그다음은 어릴 적 내가 몇 번씩이나 되풀이해 읽었던 소설책들이 책장 안에 가득했다. 『제인 에어』, 『가시고기』, 『어린 왕자』와 『야간비행』, 그리고 『연어』까지.

안도현의 『연어』. 연어는 내게 아주 특별한 소설이었다. 열 살 무렵 그 책을 처음 읽고, 새로운 생명을 탄생시키기 위해서는 부모의 죽음이 필연적으로 수반되어야 한다는 자연의 섭리가 무척이나 잔인하게 느껴져 그날 밤은 잠도 한숨 자지 못했다. 그뿐만이 아니었다. 서른이 훌쩍 넘은 지금까지도 내가 연어를 먹지 못하는 것은 다 그 이야기 때문이었다. 나는 아직도 은빛 연어의 천진함과 숭고한 죽음을 생생히 기억했다.

주먹을 꽉 쥐었다. 확실히 이 서점은 이상하다. 이상해도 너무 이상하다는 것이 문제였다. 지금 내가 꿈을 꾸고 있는 걸까? 그것도 아니면 기나긴 불면으로 반쯤 미쳐 헛것을 보는 걸까? 여기 있는 책들은 경매로 빼앗긴 집안 살림과 함께 모두 쓰레기장으로 버려진 것을 나는 이미 알고 있었다. 급한 대로 이모가 내어준 방 한 칸짜리 한옥집 별채에는 30평이 넘는 집을 가득 채우고 있던 물건을 들여놓을 자리가 없었다.

그렇게 버려진 책들이 어째서 이곳에…… 혼란스러운 마음에 움직임이 멈췄다. 어쩐지 느릿하게 흘러가는 듯한 시간 때문에 더욱 현실감이 없었다. 나는 반쯤 몸을 돌려 또 다른 책장을 마주했다. 그곳엔 책등마다 책 제목이 아닌 날짜 같은 것이 쓰여 있는 책들이 일정한 높이와 일정하지 않은 두께로 꽂혀 있었다.

2023년 2월 6일

여기저기 손때가 묻은 기성 책과 달리 청록색으로 되어 있는 책등은 새것처럼 반질거렸다. 나는 무언가에 홀린 사람처럼 책장 앞으로 손을 뻗다가 화들짝 놀라 뒷걸음쳤다. 이상한 공간에 빼곡하게 꽂힌 이상한 책, 아무도 없는 서점, 소름 끼치는 정적. 등골이 오싹해지는 불길한 감각들이 당장 여기서 벗어나야 한다며 나를 다그쳤다. 나는 고동색 미닫이문 손잡이를 힘껏 움켜쥐었다. 그런데 그때, 나무 뒤에서 드르륵 탁, 하는 소리와 함께 누군가 내게 말했다.

"그 문을 열면―"

"……"

"나갈 수는 있지만, 다시 이곳으로 돌아올 수는 없습니다."

나는 마법에 걸린 듯 그 자리에 멈춰 섰다. 무거운 적막을 깨고 들려온 목소리는 정중하면서도 단정하기까지 한, 어떤 여자의 목소리였다. 나는 친절한 불안에 사로잡혀 천천히 뒤를 돌아보았다. 돌아본 곳엔 바닥부터 천장까지 뻗어 있는 사다리에 안정적으로 몸을 걸친 젊은 여자가 내 눈을 뚫어지게 쳐다보고 있었다.

K

당장 무너진다고 해도 이상할 게 없는 아주 오래된 서점이었다. 작정하고 힘을 실어 크게 발을 구르면 해묵은 먼지들이 모래바람처럼 일어나 서점 안을 가득히 채우고도 남을 것 같았다. 보통 이런 낡은 서점엔 헝클어진 머리 위로 군데군데 눈이 내린 중장년, 혹은 서점보다 더 오래 살았을 것 같은 할아버지가 칙칙한 색깔의 팔 토시를 끼고 나타나야 하는 것이 아닌가? 거기에 세월의 흔적으로 다 늘어져 버린 카디건을 입고 네모난 돋보기안경을 코끝에 걸쳐 쓴 채 침침한 눈빛으로 나를 보며 "그래, 무엇을 찾으러 오셨나?" 하고 묻는 것이 클리셰

일 텐데.

 나는 여자가 사다리에서 내려와 옷에 묻은 먼지를 털며 내 앞으로 가까이 다가올 때까지 아무것도 하지 못하고 그 자리에 서 있었다. 정말 숨조차 쉴 수 없었다. 여자는 존재 자체만으로도 지금 이 공간을 압도하고 있었다.

 "생각할 시간이 필요하다면 일단—"

 "……"

 "커피라도 한잔하실까요?"

 검은 숲처럼 숱이 빼곡한 눈썹을 치켜올리며 여자가 말했다. 그 아래 완벽한 각도를 이루며 떨어지는 진한 쌍꺼풀이 밤바다를 닮은 검푸른 눈동자 위로 자리했다. 평소 사람과 눈을 잘 마주치지 못하는 나조차도 여자의 시선은 피할 길이 없었다. 여자의 눈은 그저 가만히 쳐다보고 있는 것만으로도 깊은 나락으로 떨어지는 듯 아찔하고 신비로웠다.

 "이쪽으로 들어오시죠."

 가볍게 짓는 미소에 입꼬리가 올라갔다. 음영이 질 만큼 높은 콧대 옆으로 콕 하고 인디언 보조개가 박혔다. 까맣고 긴 머리를 낮게 묶은 모습이 반듯했다. 이쪽으로 들어오라며 나를 안내하던 손등 위로 파란 핏줄이 도드라졌다. 또 그와는 달리 얇고 곧게 뻗은 손가락마다 낀 독특한 은색 반지가 조명을 받아 반짝였다. 단정한 블랙 재킷을 입은 여자의 가슴 위 투명한 명찰에는 'Manager. K'라는 글자가 적혀 있었다. 여자는 어정쩡하게 서 있는 내 모습을 보고 아무 말 없이 앞서 걷기 시작했다. 등허리 중간까지 오는 머리칼이 여자의 걸음을 따라 좌우로 흔들렸다.

이성이 느끼는 불안과 달리 내 몸은 본능적으로 여자를 향해 움직였다. 여자는 자신의 특별함을 증명이라도 하듯 중력처럼 날 이끌었다. 머릿속에선 끝없는 경고음이 이어졌지만, 이미 앞으로 나아가고 있는 몸을 출구 쪽으로 되돌릴 순 없었다. 나는 점점 더 깊은 미궁 속으로 빨려 들어가고 있었다.

터벅, 터벅, 터벅. 나무 바닥 위로 내딛는 발소리가 자로 잰 듯 일정했다. 얼핏 보기에도 170센티미터가 넘어 보이는 여자는 검정색 슬랙스를 입고 체크무늬 운동화를 신고 있었다. 운동화는 이제 막 꺼내 신은 것처럼 밑창에 먼지 하나 없었다. 나는 여자를 따라 걸으며 슬며시 내가 걸어온 길을 돌아보았다. 아무런 흔적도 남기지 않는 여자와 달리 비에 젖은 내 신발이 구정물 발자국을 찍어낼까 걱정됐다.

다행히 발자국은 남지 않았다. 다만 거대한 도미노처럼 줄지어 늘어선 책장들이 내 뒤를 무섭게 따라오고 있었다. 보폭이 넓어 어느새 틈이 벌어진 여자와의 거리를 서둘러 좁혔다. 나무 뒤로 뻗은 복도가 얼마나 긴지 가도 가도 끝이 없었다.

머잖아 책장이 만들어낸 교차로의 오른쪽으로 빈 공간이 나타났다. 아니, 그곳은 빈 공간이 아니었다. 한쪽 벽면이 모두 유리로 된 넓은 응접실이었다. 나는 통유리 너머 비치는 햇살과 그 햇살 아래 놓인 정원을 보며 입을 다물지 못했다.

여자는 그런 내 반응이 익숙하다는 듯 내게 앉을 것을 권하며 나무로 된 서랍장을 뒤적였다. 나는 푹신해 보이는 소파에 털썩 주저앉았다. 내 앞엔 아주 오래된 석유난로가 기름내를 풍기며 새빨간 불을 피우고 있었다.

홧홧한 기운에 얼굴이 달아올랐다. 비를 맞아 파랗게 죽어 있던 입술에 이제 겨우 생기가 돌았다. 잊고 있던 한기가 몰려들었다. 나는 손을 뻗어 난로의 열기를 온몸으로 느꼈다. 딱딱했던 몸이 풀어지니 고무줄처럼 팽팽하던 긴장도 조금씩 느슨해지기 시작했다.

"커피 괜찮으시죠?"

"……"

"안 마신다고 불면증이 덜해지진 않지만, 마신다고 불면증이 더해지지도 않으니까요."

낮은 테이블 위로 수동 그라인더와 원두, 드리퍼와 종이 필터를 내려놓으며 여자가 말했다. 벽에 붙은 선반에서 하얀 잔을 꺼내 와 도구들 옆으로 나란히 올려놓는 손길이 무척 능숙해 보였다.

나는 여자의 움직임을 좇느라 정작 여자가 한 말에 대한 답을 내놓지 못했지만, 여자가 내 불면증에 대해 어떻게 알고 있는지 애써 묻진 않았다.

여자는 말없이 그라인더를 돌려 원두를 갈고, 드리퍼 안으로 종이 필터를 깔아 가루가 된 원두를 쏟아부었다. 그리고 석유난로 위에 있던 노오란 양은 주전자를 집어 들었다. 드립커피에 양은 주전자라니. 어쩐지 이상한 조합이었지만, 지금 내가 처한 상황에 비하면 이건 그리 이상한 일도 아니라는 생각이 들었다.

"여기가 서점이 맞나요? 저는 분명 기역서점이라는 간판을 보고 들어온 건데."

내 말에 여자가 살포시 미소 지으며 주전자 끝을 기울였다. 쪼르륵하는 소리와 함께 평평하던 가루들이 우르르 거품이 되어 일어났다. 순식간에 주변을 감싸고 있던 종이 냄새와 나무 냄새를 밀어낸 원두 향이 응접실을 가득 채웠다. 옅은 갈색 종이 필터를 거쳐 투명한 저그 안으로 똑똑 떨어지는 액체의 색깔이 칠흑같이 까맸다.

"기역이 아니라 기억입니다."

"네?"

"이 서점의 이름은 기억서점이에요."

여자가 기울였던 손목을 들어올리자, 주전자 끝에서 새어 나오던 물소리가 천천히 잦아들었다. 나는 여자가 했던 말을 혀끝에서 되새겼다. 기억, 서점. 고작 획 하나에 달라진 단어의 의미로 이 공간의 분위기가 급속도로 바뀌었다. 잔잔하던 마음에 파도가 일렁였다.

"여긴, 뭐 하는 곳인가요?"

"여긴, 뭐 하는 곳일까요?"

다 내려진 커피를 잔으로 옮겨 담은 여자가 대답 대신 거울처럼 내게 물었다. 나는 입구에서 보았던 책들을 머릿속에 떠올렸다. 이곳이 평범한 공간은 절대 아님을 상기시켜주는 기억이었다.

"입구에 있는 책들을 봤어요. 그건 어릴 적 제가 읽은 책들이었어요. 아직 독후감 쓰는 방법을 배우지 못했을 때, 다 읽은 책 마지막 장에 꼭 낙서처럼 감상문을 남겼거든요. 그 책들이 이 서점에 있었어요. 근데 그건, 그럴 수가 없거든요. 그 책들은 이미 다 버려졌으니까요."

여자는 별일 아니라는 듯 태연한 모습으로 커피를 한 모금 마시고 나와 눈을 마주쳤다. 도저히 피할 수가 없는 깊고 진지

한 눈빛이었다.

"그게 이 서점의 이름이 기억서점인 이유입니다."

"……."

"여긴 김지원 씨의 모든 기억이 보관되어 있는 곳이에요."

나의…… 모든 기억……?

머리가 아팠다. 생각이 정신없이 뒤엉켰다. 처음 만난 순간부터 여자는 나를 아주 잘 아는 사람처럼 대하고 있었다. 수많은 밤 잠 못 이루던 불면증도, 단 한 번도 언급한 적 없던 내이름도, 여자는 모두 알고 있었다. 나는 무릎 위에 올려둔 손가락을 가만히 내려다보았다. 나뭇가지에 긁힌 상처가 이것이 현실임을 증명하듯 빨갛게 부어올라 있었다.

"인간의 기억은 다양한 방식으로 기록됩니다. 읽었던 책은 그 상태 그대로 보관되고, 생의 기억은 새로운 책에 새겨지죠. 그것은 글자가 될 수도, 그림이 될 수도 있습니다. 어린아이들은 글자를 알지 못하니 유년 시절의 기억은 대부분 그림으로 기록되죠. 물론 어른이 되어 남기는 기억들도 가끔은 글자가 아닌 그림으로 표현되기도 합니다. 삶을 살아오며 느꼈던 아주 강렬한 순간, 자신이 가진 언어에서 표현의 한계를 느끼는 순간이 오면, 크로키처럼 추상적이지만 글자보다는 선명한 기억들이 삽화처럼 남게 되는 거죠."

"······지금 그 말을 저보고 믿으라는 건가요?"

"이미 믿고 있지 않나요? 어쩌면 이런 말도 안 되는 순간을 바라고 있었을 텐데. 일종의 기적 같은―"

"······."

"그런 거 말이에요."

여자의 목소리엔 사람을 끌어들이는 묘한 힘이 있었다. 작가로 살며, 다양한 세계를 만들며, 이런 순간을 상상해 보지 않은 것은 아니었다. 우연히 어떤 기회를 만나 현재의 기억을 가지고 과거로 돌아가 새로운 인생을 살게 된다든지, 이미 죽은 사람을 만날 수 있다든지, 그것도 아니면 천국과 지옥 같은 사후세계 뭐 그런 것들. 그런데 기억이 책으로 기록되는 서점이라니. 그게 대체 나한테 무슨 도움이 될 수 있을까.

"글쎄요. 지금 당장 무언가를 선불리 판단하는 것보다는 그이유가 더 중요하지 않을까요?"

"······이유요?"

"그래요. 이 서점이 당신 앞에 나타난 이유."

마치 내 생각을 훔쳐보기라도 한 듯 여자가 말했다. 여자는 커피잔을 내려놓고 소파에 깊숙이 기대어 앉으며 이야기를 이어갔다.

"밖에 비가 참 많이 오죠?"

여자의 물음에 아직 완전한 경계를 놓지 못한 손등 위로 한 줄기 햇살이 비쳤다. 통유리 너머 스며든 온기가 내 주위를 은은하게 맴돌았다. 여자는 자신의 말과 전혀 맞지 않는 날씨를 보며 입꼬리를 말아 올렸다. 노란 오후의 햇살은 마치 여자의 말을 알아듣기라도 하듯 여자의 또 다른 질문을 따라 내 곁을 떠나갔다.

"혹시 죽고 싶다는 생각을 하진 않았나요?"

"……뭐라고요?"

"달리는 차에 뛰어들고 싶다는 상상, 아주 높은 곳에서 떨어져 추락하고 싶다는 공상, 혹은 수면제 따위를 한 움큼 집어먹고 편안하게 잠들고 싶다는—"

"함부로 말하지 말아요. 당신이 나에 대해 뭘 안다고."

여자의 말을 끝까지 듣는 것이 고문을 당하는 일처럼 괴로웠다. 흉측하고 기괴한 얼굴을 숨긴 가면이 벗겨져 적나라하게 드러난 민낯에 수치심이 몰려들었다. 나는 부들부들 떨리는 손을 말아 쥐고 자리에서 일어났다. 여자는 나를 감정적으로 동요하게 만들었다.

"맞아요. 이건 나보다 지원 씨가 더 잘 알 거예요. 지원 씨가 가지고 있는 그 감정 아래엔 언제나 '죽고 싶다'는 전제가 깔려 있었을 테니까."

……아니다. 나는 그저 우울했을 뿐이다. 나는 그저 상실에서 벗어나는 방법을 찾지 못해 아직 헤매고 있을 뿐이었다. 죽고 싶다는 생각은 엄마를 배신하는 것과 마찬가지였다.

"그건 자기기만 같은데."

아래에서 위로 뻗어오는 여자의 시선을 피할 길이 없었다. 자기기만. 부글부글 타오르던 마음에 찬물을 끼얹은 듯 불시에 날아온 그 말이 결국 나를 주저앉혔다. 나는 이쯤에서 인정해야 했다. 나 자신조차 속여가며 아무도 모르게 숨겨왔던 진실을 지금 이 여자에게 다 들켜버렸다는 사실을.

"그래서요. 그게 뭐 어쨌다는 건데요."

숨을 꾹 참고 화를 가라앉혔다. 나의 분노는 여자의 앞에서 한낱 잿더미에 불과했다. 여자는 커피잔을 내려놓으며 조금 전과 같은 목소리로 내게 물었다.

"그 속에, 살고 싶다는 생각은요?"

"좀 알아듣기 쉽게 설명해 주실 순 없나요? 혹시 저승사자, 뭐 그런 건가요?"

"하하. 만약 내가 저승사자라면 사는 것에 대해 이야기하진 않았겠죠."

재밌다는 듯 눈을 접어 웃는 여자의 얼굴에 다시 한번 보조개가 나타났다. 마치 날 조롱하는 것처럼 여유로운 여자의 태도가 마음에 들지 않았다. 겨우 잠재워 놨던 파도가 순식간에 몸을 키워 거친 해일로 몰아쳤다.

"그럼 지금 나한테 하고 싶은 말이 대체 뭐예요? 당신 정체가 뭐냐고요."

"나는 저승사자와 비슷하지만 한편으로는 완전히 다른 존재이기도 해요. 저승사자는 망자의 길 안내를 도와주지만, 나는 아직 살아 있는 자에게 손을 내미는 존재거든요."

아직, 살아 있는 자에게, 손을 내미는 존재.

여자가 내뱉은 말을 하나하나 되뇌었다. 여자의 말은 매끄럽지만 친절하고 또 사나웠다. 나는 부서지고 조각난 말들을 혀 끝에서 굴려 삼켰다. 그러니까 지금의 나는, 아직은 살아 있지만, 어쩌면 곧 죽을 수도 있다는 이야기였다.

"후우……."

격앙된 마음을 가라앉혔다. 버석하게 마른 얼굴을 쓸어내리며 막힌 숨을 크게 내쉬었다. 지금 이 상황이 현실이든, 내가 미쳐버려 환각에 빠진 것이든 감정적으로 굴어 좋을 것은 없었다. 과민한 반응엔 늘 체력 소모가 뒤따르기 마련이다. 어차피 잃을 게 없는 상황이라면 여자의 이야기를 더 들어봐도 괜찮지 않을까. 거기까지 생각이 미치자 자연스럽게 여자의 명찰 쪽으로 시선이 향했다.

"매니저님……? 매니저님 맞으시죠?"

"뭐든 편한 쪽으로 부르시면 됩니다."

매니저라는 호칭에 자신의 이름표를 흘끗 내려다본 여자가 자세를 고쳐 앉으며 말했다. 나는 여자의 대답을 기다렸다는 듯 질문을 던졌다.

"그러니까 매니저님 말씀은 제가 곧 죽을 수도 있다는 뜻인가요?"

"그렇게 들렸나요?"

"아직 살아 있는, 이라고 표현하셨잖아요."

"음……."

여자는 내 말에 무슨 오해가 있는 것처럼 가볍게 어깨를 으쓱였다. 나는 받아놓기만 하고 아직 한 모금도 마시지 않은 커피 위로 입술을 가져갔다. 한참 시간이 지난 것 같은데도 여전히 따뜻한 커피가 입안에 가득 담겼다.

"그건 내가 정하는 게 아니에요."

"……."

"죽고 싶다는 생각을 한 건 지원 씨죠."

"……."

"서점 문은 그래서 지원 씨 앞에 나타난 거고요."

여자의 말을 반박할 수 없어 커피를 한 모금 더 입에 물었다. 시들어가는 의지를 다른 사람에게 들킨 것은 이번이 처음이었다.

"그럼 이번엔 내가 질문을 좀 해볼까요?"

"……."

"죽으면 모든 게 다 끝날 것 같나요?"

머뭇거리는 나를 보며 여자가 물었다. 나는 커피잔을 내려놓고 나를 뚫어지게 쳐다보고 있는 여자와 눈을 맞췄다. 여자의 얼굴은 무표정했지만 어쩐지 속을 털어놓고 싶어졌다. 인간이 아닌 존재라는 것이 오히려 나를 솔직하게 만들고 있었다.

"살아 있는 것보단 낫겠죠."

"왜 그렇게 생각해요?"

"살아 있는 게 더 괴로우니까요."

"살아 있는 게 왜 더 괴롭죠?"

"……답은 이미 알고 계신 것 같은데요."

"그래도 본인에게 직접 듣는 건 또 다르니까. 나는 지원 씨와 조금 더 깊은 대화를 나누고 싶거든요."

여자의 눈빛이 늦은 오후의 노을처럼 온화하게 보였다. 적당히 붉은 입술 끝은 보기 좋게 말려 올라간 채였다. 그 미소가 내 마음을 파고들었다. 그동안 남들에겐 줄곧 괜찮다며 억지웃음으로 묻어두었던 이야기들이 목 끝까지 차올랐다.

"죄책감 때문에요."

"죄책감?"

"몇 년 전에 엄마가 돌아가셨어요. 굉장히 오래, 힘들게 앓다가 돌아가셨는데, 그냥…… 엄마 생각만 하면 숨막히게 미안해요."

"어머님은 지원 씨 때문에 돌아가신 게 아니잖아요?"

"……그렇지만 저는 엄마의 죽음에 일조했어요. 엄마가 죽어가는 걸 방관했고 엄마를 외롭게 혼자 뒀죠. 그래서 이렇게 벌을 받나 봐요. 엄마가 건강했을 땐 어떤 모습이었는지, 하나도 기억나질 않거든요."

남들 앞에서 눈물을 보이는 건 내게 있을 수 없는 일이었다. 나는 엄마가 돌아가시던 순간에도 울지 않았고, 장례를 치르는 동안에도, 엄마를 마지막으로 배웅하던 화장터에서도 절대 울지 않았다. 그런데 지금은 어쩐지 눈물이 난다. 코끝이 뜨겁게 달궈지고, 눈두덩이가 비를 품은 먹구름처럼 두툼하게 부어올랐다. 순식간에 눈앞이 흐려졌다. 나는 울지 않기 위해 두 눈을 질끈 감았다.

"지금껏 살아온 삶을 후회하나요?"

숨죽여 울고 있는 내 어깨를 쓰다듬는 것처럼 부드러운 목소리가 귓가에 닿았다. 나는 목이 막혀 그저 푹 숙인 고개를 끄덕이는 것 외에는 아무것도 할 수 없었다. 여자는 그런 내 모습을 가만히 지켜보다가 이내 자리에서 일어났다. 나는 계속 바닥을 쳐다보고 있었지만 알 수 있었다. 여자가 응접실 한편에 놓인 책장에서 어떠한 물건을 가지고 돌아왔음을. 나는 속눈썹 끝에 방울진 눈물을 발등 위로 떨어뜨리고 테이블 위로 시선을 던졌다. 커피잔 옆에 놓인 네모난 기둥 모양의 상자가 나를 물끄러미 바라보고 있었다.

"만약 시간을 돌려 과거로 갈 수 있다면 어떤 순간으로 돌아가고 싶어요?"

"그게 무슨……."

"자, 이게 지원 씨의 시간이에요."

두꺼운 종이 상자에서 여자가 꺼낸 것은 두 뼘 정도 높이의 모래시계였다. 정확히 말하자면 그것은 모래가 없는 모래시계였다. 투명한 유리병 속엔 하늘과 바다가 담겨 있었다. 잘록하게 들어간 허리 부분이 수평선을 이뤄 마치 절벽 끝에서 바라보는 아름다운 풍경 같았다. 모래시계 안의 세상에선 시간이 느껴지지 않았다. 낮인지 밤인지, 날씨가 맑은지 흐린지, 파도가 잔잔한지 거친지, 아무것도 감히 짐작할 수 없었다.

나는 하나의 신전처럼 놓인 그 시계를 가만히 내려다보았다. 위와 아래, 그리고 유리병을 둘러싸고 있는 기둥들이 금빛으로 반짝였다.

"나는 이걸 '생애 시계'라고 불러요."

"생애 시계요?"

"지금까지 살아온 날과 앞으로 살아갈 날들이 모두 여기에 담겨 있죠. 아직 지원 씨 눈엔 그저 하나의 아름다운 풍경처럼 보이겠지만 내 눈엔 그렇지 않아요. 지금 지원 씨 세상엔 짙은 먹구름이 끼어 있고, 천둥번개가 내리쳐 사위가 소란하죠. 아, 곧 비가 올지도 모르겠네요. 만약 비가 와서 바닷물의 수위가 높아지고 수평선의 경계가 사라진다면 그때—"

"……."

"지원 씨는 죽게 될 거예요."

"……."

"아직까지 바닷물의 수위는 그리 높지 않은데도 말이죠."

파랗게 핏줄이 돋은 여자의 손이 모래시계의 위쪽 원판을 매만졌다. 여자가 손가락을 움직일 때마다 얇은 피부 위로 곧게 뻗은 중수골이 선명하게 모습을 드러냈다. 나는 여자가 하는 말의 의미를 파악하지 못해 침묵으로 답을 대신했다. 여자는 내 반응과 상관없이 차분하게 대화를 이어갔다.

"남아 있는 시간으로 과거의 시간을 다시 살 수 있다면—"

"……."

"지원 씨는 어떤 선택을 하게 될까요?"

그렇게 묻는 여자의 눈동자 속으로 거짓말처럼, 천둥번개가 치는 바다가 보였다.

사위가 고요해졌다. 그러고 보니 이곳엔 시간을 알 수 있는 물건이 하나도 존재하지 않았다. 여자의 왼쪽 손목에도 체인으로 된 은색 팔찌만 걸려 있을 뿐 시계는 그 어디에서도 찾아볼 수 없었다.

나는 눈앞에 놓인 유리병을 물끄러미 바라보았다. 이 공간에서 시계라고 부를 수 있는 유일한 물건이었다. 하지만 여전히 그 속에선 시간의 흐름이 느껴지지 않았다. 조금 전 여자의 눈동자에 비친 거센 폭풍과 잿빛 먹구름은 간절함이 빚어낸 환각이었을까. 나는 애써 고개를 저었다.

"무슨 말씀이신지 이해가 되질 않는데요."

"문장 그대로예요. 지원 씨가 앞으로 살아갈 시간을 과거의 시간과 맞바꾸는 거죠."

여자의 표정은 그 어느 때보다 진지했다. 나는 여자의 목소리에 짓눌려 숨을 멈췄다. 여자가 내뱉은 말들은 올이 촘촘한 밧줄처럼 날 옭아매고 놓아주지 않았다. 그 어떤 증거도 없이, 입구에 꽂힌 책들이 내 어릴 적 기억과 닮아 있다는 이유만으로 여자는 내게 이상한 말들을 늘어놓고 있었다. 문제는 그 말을 진실로 받아들이고 싶은 내 마음이었다. 여자는 내가 방심한 틈을 타 미세하게 벌어진 내 마음을 비집고 들어왔다.

"이건 아주 간단한 규칙으로 돌아가는 일종의 거래예요. 난 지원 씨에게 과거로 돌아갈 세 번의 기회를 줄 수 있고, 지원 씨는 원하는 시점으로부터 세 시간을 그곳에 머물 수 있어요. 난 그렇게 시간을 돌려주는 대가로 지원 씨의 남은 수명을 가져갈 거고요."

"시간을 되돌리는 대가로 내 남은 수명을 모두 가져간다는 말인가요?"

"엄밀히 말해 전부는 아니에요. 물론 전부를 가져갈 수도 있죠. 지원 씨가 더 먼 과거로 갈수록 내가 가져가는 수명의 길이도 그 시간에 맞춰질 테니까요."

남은 수명을 바쳐 과거의 시간으로 돌아간다. 과거로 돌아갈 수 있다. 살면서 누구나 한 번쯤은 상상해 봤을 법한 일이 내 눈앞에 펼쳐졌다. 여자가 하는 말이 진짜인지 가짜인지 아직 알 수는 없지만, 적어도 여자는 내게 호소하지 않았다. 만약 거짓이라면, 여자는 나를 꾀어내기 위해 보다 달콤한 말을 속삭여야 했다. 거래라는 건 기본적으로 상호 간의 동의를 원칙으로 하는 법이니까.

나는 여자와 나 사이에 머물러 있는 정적을 틈타 머릿속으로 지나온 삶을 빠르게 복기했다. 그리고 할 수 있는 한 가장 신중하게 하고 싶은 말을 골랐다. 여자는 더디고 느리게 이어지는 고민에도 초조한 기색 하나 없이 내 대답을 기다렸다.

"……과거로 돌아가면 뭐가 달라질 수 있죠?"

"지원 씨 생각보다 훨씬 더 많은 것들이요."

"죽은 사람을 살릴 수도 있나요?"

"그건 어떤 선택을 하느냐에 따라 달라지겠죠."

모호하면서도 빈틈없는 대답에 입이 말랐다. 선택에 달렸다는 건 죽은 사람을 살리는 일도 결코 불가능은 아니란 뜻이었다. 나는 커피잔을 들어 입술을 적셨다. 여전히 따뜻한 액체가 식도를 타고 넘어갔다.

"하지만 너무 불공평한 거래 아닌가요? 생애 시계의 남은 수명은 정작 당사자의 눈엔 보이지도 않고, 과거로 돌아갈 수 있다 해도 내가 돌아가고 싶은 시점의 날짜와 시간을 정확하게 알 방법이 없잖아요. 이미 지나간 일들을 하나하나 기억하는 사람이 대체 몇 명이나 된다고."

"그게 바로 이 서점이 존재하는 이유예요."

소파에서 천천히 몸을 일으킨 여자가 내 옆을 스쳐 지나며 말했다. 여자의 하얗고 깨끗한 운동화가 나무로 된 바닥을 지르밟는 소리가 귓가에 선명히 들렸다. 나는 반쯤 몸을 돌려 여자의 뒷모습을 좇았다. 여자는 커다란 책장 한가운데 꽂힌 책 한 권을 빼내 내게 건넸다. 청록색으로 된 책등엔 '2023년 2월 6일'이라는 날짜가 쓰여 있었다.

2023년 2월 6일. 2월 6일…….

책을 쥔 손에 나도 모르게 힘이 들어갔다. 여자가 내게 건네준 책은 내가 여자를 만나기 직전, 서점 입구에 꽂혀 있던 책이었다. 다른 책들과 달리 홀로 새것처럼 반질거리던 바로 그 책. 나는 선뜻 책을 펼쳐 들지 못하고 응접실을 가로질러 걷는 여자를 말없이 응시했다. 여자는 내 머릿속에 든 생각을 이미 읽기라도 한 것처럼 고개를 끄덕였다.

요즘 계속 잠을 자지 못한다. 병원에 가야겠다. 무겁게 가라앉은 눈꺼풀 때문에 운전하는 것이 힘들다. 아무것도 한 게 없는데도 시간은 벌써 오전 11시를 가리키고 있다. 병원 점심시간 전에는 도착해야 하는데. 자의로 선택한 일인데도 지금의 나는 이 행동에 대한 확신이 서지 않는다.

책을 펼쳐 들고 마주한 문장에 호흡이 사라졌다. 흐릿하게 회색빛으로 적힌 글씨를 한 자씩 읽어 내려갈수록 목덜미가 뻣뻣하게 굳었다. 여기 적혀 있는 건 3주 전 그날의 기억이었다.

애도 기간이 너무 길다는 의사의 말을 곱씹을수록 웃음이 난다. 마치 사랑하는 마음은 3년이면 식어버린다는 연구 결과 같다. 타인의 감정에 유통기한을 정할 권한은 대체 누가 부여해 준 걸까. 그 말에 화를 낼 기력조차 없는 나 자신이 무력하게 느껴진다.

"필요한 건 모두 여기 있어요. 이 서점은 지원 씨의 모든 기억이 보관되어 있는 서점이고, 기록되지 않은 기억이란 존재하지 않아요."
여자의 말이 맞았다. 여기 적힌 말들은 뒷조사를 한다고 해도 결코 알 수 없는 것들이었다. 그 말들은 오로지 내 생각, 내

가슴속에만 새겨진 말들이었으니까. 나는 책을 덮고 여자에게 물었다.

"어째서 인간의 남은 수명을 대가로 거래를 하시는 거죠? 살아 있는 자에게 손을 내미는 존재라고 하셨잖아요."

책상에 반쯤 기대앉은 여자가 내게 말했다.

"그게 내가 손을 내미는 방식이에요. 그러니 난 죽은 자가 아닌, 살아 있는 자와 대면할 수밖에 없는 존재인 거죠. 그리고 어차피 이미 죽기로 마음먹은 삶 아니었나요? 지원 씨에게 그리 나쁜 조건은 아닐 텐데요. 스스로 생을 버릴 자신이 없어서 '아직' 살아 있는 거라면, 누군가 죽음을 대신 가져다주는 것도 하나의 방법일 테니까요."

사방이 막혀 있는 공간에 한기가 들었다. 팔뚝을 타고 돋아난 소름이 온몸에 번졌다. 여자는 지금껏 그랬듯 내 생각을 모두 읽고 있었다. 스스로 생을 버릴 자신이 없어서, 라는 말에 패배감이 몰려들었다. 어쩌면 여자는 나를 찾아온 '죽음' 그 자체일지도 몰랐다.

섣불리 입을 뗄 수 없었다. 내가 내뱉는 말 한마디 한마디가 언제든 바짝 날 선 칼이 되어 내 몸을 베어버릴 것만 같았다. 마침내 나는 삶과 죽음을 가르는 경계선 위에 서 있었다.

"생애 시계는 바다의 수위가 변하는 순간마다 지원 씨 눈에 보이게 될 거예요."

"그게 무슨……."

"무언가 달라지는 게 있다면 수명을 돌려주겠단 뜻이에요."

"기껏 빼앗은 수명을 돌려주겠다니, 대체 나랑 뭐 하자는 거예요? 스스로 생을 버릴 자신이 없는 사람에게 죽음을 가져다주러 온 존재가 다시 삶을 되찾아준다고요? 장난이 너무 심하잖아요!"

더는 참을 수 없어 자리를 박차고 일어났다. 두근거리는 심장이 금방이라도 목구멍을 타고 올라와 입 밖으로 쏟아질 것 같았다. 나는 있는 힘껏 여자를 노려보았다. 여자는 예의 그 무표정한 얼굴로 뚜벅뚜벅 나에게 다가왔다. 여자의 눈 속엔 태풍이 있었다. 마치 조금 전 내가 본 것이 헛것이 아님을 증명이라도 하듯이.

"나한테 고마워하게 될 거예요."

"……."

"만약 무언가 달라지는 게 있다면 당신은 분명, 살고 싶어질테니까."

서점의
기록

어릴 적부터 나는 서점을 좋아했다. 내 기억 속에 남아 있는 어린 시절 서점의 풍경은, 눈부신 하얀 형광등 불빛을 반사하는 빳빳한 문제집들과 사람 하나가 겨우 지나갈 수 있는 통로 옆으로 빼곡하게 놓인 멋없는 책장이 전부인 그런 곳이었다.

그래도 그런 서점이 좋았다. 커다란 서점엔 서늘한 공기가 가득했고, 혹여 햇빛에 책표지가 바랠까 창문이라는 것도 없었다. 때문에 환기가 부족한 공간엔 쿰쿰한 먼지 냄새와 차가운 종이 냄새가 늘 차곡차곡 쌓여 있었지만, 코끝이 간질간질한 그 순간에도 난 그 공간에 머무는 모든 순간이 좋았다.

내가 작가가 된 건 책을 사는 일이라면 만사를 제쳐두고 서점부터 데려가 주던 엄마의 영향이 크지 않았을까 생각한다. 엄마는 내가 책을 읽겠다고 하면 그게 어떤 내용이든 모두 다 사주었고, 그런 엄마도 책 읽는 걸 좋아해 종이로 된 서점 봉투엔 언제나 엄마의 책과 내 책이 사이좋게 얼굴을 비비며 들어 있었다.

그러니 이 서점에 짙게 밴 쿰쿰하고 차가운 냄새와 빈틈없이 늘어서 있는 거대한 책장은 나를 이 공간에 잡아두기에 충분했다. 어쩌면 여자는 처음부터 그 사실을 알고 적당한 타이밍을 계산해 내 앞에 나타났을지도 모른다. 왜 아닐까. 사람의 수명을 줬다가 뺏었다가 멋대로 주무를 수 있는 존재인데. 나는 뒷모습마저 반듯한 여자의 여유로운 발걸음을 보며 낮은 숨을 내뱉었다.

"결정했으면 이제 자리를 옮겨볼까요?"

그렇게 묻던 여자의 목소리가, 녹음된 테이프처럼 반복해서 귓가에 맴돌았다. 자리를 박차고 일어나 큰소리를 쳤어도, 이 공간을 당장 벗어나지 않는 것을 여자는 긍정의 의미로 받아들인 듯했다. 나는 말없이 여자의 뒤를 따랐다.

조금 전까지 내가 앉아 있던 공간을 어깨 너머로 되돌아보았다. 시간이 지나도 모락모락 김이 올라오던 커피잔과 주전자에서는 이미 온기를 느낄 수 없었고, 추위로 굳은 얼굴을 녹여

주던 오래된 석유난로도 까맣게 빛을 잃은 채 응접실을 떠나는 나를 배웅하고 있었다. 나는 그 이상한 광경들에 더 이상 놀라지 않았다. 미래의 시간을 바쳐 과거로 돌아갈 수 있다는 이 기이한 공간에서 스스로 숨을 죽이는 물건들이란 그저 평범한 것에 지나지 않았다.

여자는 응접실 맞은편으로 곧장 걸어갔다. 다시 나타난 교차로 왼쪽으로 여전한 위엄을 자랑하는 아름드리나무가 보였다. 길고도 먼 복도를 지나온 덕에 나무와의 거리는 멀었지만, 나무가 내뿜는 푸르른 녹음만큼은 바로 옆에 있는 것처럼 선명하게 느껴졌다. 나는 바람 한 점 불지 않는 서점 한복판에서 스륵스륵 소리를 내며 움직이는 나뭇잎 소리를 들었다.

"편한 자리에 앉으세요."

한 번도 뒤를 돌아보지 않던 여자가 걸음을 멈추고 말했다. 도착한 곳은 직사각형 모양의 책상이 가운데 놓인, 도서관에서 흔히 볼 수 있는 열람실이었다. 이곳은 책상을 기준으로 마치 찍어내기라도 한 듯 네 개씩 각을 맞춰 있는 의자와 서로 마주 보고 서 있는 책장까지 모두 완벽한 대칭을 이루고 있었다. 나는 열람실 입구에 서서 보다 깊은 곳으로 들어가는 여자의 뒷모습을 눈으로 좇았다. 응접실처럼 통유리로 되어 있을 줄 알았던 벽면엔 안쪽으로 당겨서 여는 여닫이문이 있었다.

여자는 고동색으로 칠해진 문에서 시선을 떼지 못하는 나를 위해 친절한 물음을 던져주었다.

"이거 어때요? 낯익은 물건이죠? 어릴 때 좋아하던 오디오."

"아······."

여자의 손가락이 가리키는 쪽으로 고개를 돌리자, 나도 모르게 그런 소리가 터졌다. 그곳엔 네다섯 살, 지금은 아득하기만 한 꼬꼬마 시절, 아빠가 자주 음악을 틀어주던 까만 오디오가 있었다.

"그때 그 전축은 고장났지만 이건 정상적으로 작동해요."

"······."

"이쪽 서랍엔 레코드판도 그대로 있고요. 시각과 후각만큼 강렬한 기억으로 남는 게 바로 청각이거든요. 익숙한 음악을 들으면 기억을 찾는 데 도움이 될 거예요. 그리고 이건 서점 매뉴얼과 시간을 되돌려줄 책갈피."

여자의 행동은 물 흐르듯 자연스러웠다. 나는 그 몸짓에 이끌려 어느덧 여자가 건넨 매뉴얼과 책갈피를 들고 의자에 앉아 있었다. 손에 쥐어진 책은 소책자처럼 작고 얇았다. 밤바다처럼 또는 밤하늘처럼 짙은 남색 가죽으로 만든 책갈피는 15센티미터 자처럼 얇고 길었다. 세월의 흔적으로 딱 적당할 만큼 부드러워진 책갈피엔 위아래를 구분하듯 한쪽 끝에만 끈이 달려 있었다. 나는 팔짱을 끼고 서서 나를 내려다보는 여자와 시선을 맞췄다. 여자는 느릿하게 눈을 깜빡거리며 느슨한 숨을 내뱉고 있었다.

반듯하게 각을 잡아 책갈피를 책상 위에 올려놓고 매뉴얼을 펼쳐 들기까지 오랜 시간이 걸렸다. 단순히 표지 한 장을 넘기는 것뿐인데도 그 과정이 그리 쉽지 않았다. 이 책을 열면, 그 속의 글자들을 읽으면, 계약서에 도장을 찍는 것처럼 그 어떤 것도 되돌릴 수 없다는 확신이 들었다. 하지만 나는 결국 책을 열었다. 그리고 그 속에 새겨진 글자들을 읽었다. 완벽하게 하얗지도, 완벽하게 바래지도 않은 첫 번째 책장엔 '기억서점 이용 방법과 시간 여행의 규칙'이라는 문장이 쓰여 있었다.

글씨 크기가 적당했다. 폰트도 획이 명확하고 기품이 있었다. 나는 손끝으로 글자의 촉감을 느꼈다. 매끈한 것 같으면서도 오돌토돌한 글자들이 손가락 끝에 걸렸다. 나는 짚고 있던 손가락을 책 모서리로 옮겨 책장을 한 장 더 넘겼다.

아무것도 쓰여 있지 않은 빈 장이었다.

나는 마른 입술을 침으로 적시며 한 장 더 책장을 넘겼다. 그곳엔 적당한 자간과 행간으로 이루어진 문장들이 줄을 지어 촘촘하게 적혀 있었다.

1. 기억서점 이용 방법

- 기억서점은 시간 여행자의 모든 기억을 책으로 기록하여
  보관한다.

- 시간 여행자는 기록으로 남은 기억을 찾아 정확하게 원하는
  시점으로 시간을 돌릴 수 있다.

- 기록된 기억을 찾으면 책장 사이로 책갈피를 끼워 넣어
  매니저에게 건넨다.

2. 시간 여행의 규칙

- 시간 여행은 과거 시간과 미래 시간의 교환을 원칙으로 한다.

- 과거 시간과 미래 시간은 완전하게 같지 않지만, 시간의 크기
  는 비례한다.

- 시간 여행의 횟수는 3회로 제한한다.

- 한번 지나온 시간은 다시 되돌릴 수 없다.

- 과거엔 세 시간 동안만 머물 수 있다.

- 시간 여행자는 시간 여행을 하는 시점의 본인으로 존재한다.

- 시간 여행자는 미래에 관한 이야기를 언급할 수 없다.

- 시간 여행자의 삶에 변화가 발생할 시 미래의 시간을
  돌려받을 수 있다.

- 시간 여행자는 생애 시계의 수평선이 사라지는 순간 죽는다.

매뉴얼을 읽는 동안 시간이 멈췄다. 아니, 매뉴얼을 모두 읽자 서점이 살아 숨 쉬기 시작했다. 겹겹이 꽂힌 책들이 호흡하고, 서점 안의 빛과 그림자가 내 마음을 따라 움직였다.

팔짱을 끼고 서서 나를 지켜보던 여자는 내게서 멀어진 채 네모난 서랍 속 레코드판을 이리저리 살펴보고 있었지만 나는 알 수 있었다. 여자가 지금 이곳에 생명력을 불어넣었음을. 시간은 멈춘 것이 아니라, 내가 서점의 규칙을 따르기로 한 순간 비로소 흐르게 된 것이었다.

나는 이윽고 종이로 된 케이스에서 동그란 레코드판을 꺼내는 여자를 쳐다보았다. 여자는 내게 등을 지고도 시선이 느껴지는지 먼지 쌓인 레코드판을 후후 불어가며 나에게 말했다.

"어렵지 않죠? 궁금한 게 있다면 물어봐도 좋아요."

무덤덤한 여자의 목소리가 동시에 여러 가지 질문을 떠올리게 했다. 나는 물었다.

"한번 지나온 시간은 다시 되돌릴 수 없다는 게 무슨 뜻인가요?"

여자는 턴테이블 위에 레코드판을 올리던 손을 거두고 내쪽으로 몸을 돌렸다.

"시간을 고르는 건 아주 신중하게 결정해야 해요. 만약 지원 씨가 어떤 시점으로 시간을 되돌린다면, 그보다 더 과거로

갈 수는 있어도, 그보다 현재에 가까운 시점으로 갈 수는 없어
요."

"왜죠?"

"시간은 그런 식으로 움직이는 게 아니거든요. 한번 되돌릴
순 있어도 뒤섞을 수는 없어요. 그러니까 최대한 현재의 시간
과 가까운 곳부터 다녀오는 게 좋을 거예요."

그렇게 말한 여자가 이번엔 내게 던지던 시선을 거두고, 하
던 일을 마치기 위해 몸을 돌렸다. 여자의 손을 따라 레코드판
이 턴테이블 위로 올려진다. 까만 레코드판이 시계 방향으로
돌아간다. 끝이 날카롭지 않은 바늘이 치지직 소리를 내며 홈
으로 내려앉는다. 이름을 알 수 없는, 하지만 기억 저편 어딘가
에 있을 클래식 음악이 흘러나오고 나는 생각에 잠긴다.

어디로 돌아갈 수 있을까.

어디로 돌아가야 할까.

무수히 많은 후회들이 떠오른다. 후회의 순간을 곱씹을 때
마다 만약 그렇게 행동하지 않았다면, 하는 가정을 몇 번이나
그려봤는지 셀 수조차 없다.

나는 괴로운 마음을 무릅쓰고 엄마가 돌아가시던 때를 생
각해 본다. 그 어느 때보다 추웠던 겨울. 난방 때문에 건조하
던 병실. 사람이 수명을 다하는 과정에서 가장 마지막으로 잃

게 되는 기억은 청각이라고, 그러니 임종을 지킬 땐 떠나가는 사람에게 사랑한다는 말을 끝까지 속삭이라고, 누군가 해주었던 그 말.

하지만 기억나지 않는다. 그때의 내가 무슨 말을 했는지, 점점 멀어져 가는 엄마에게 사랑한다는 말을 하긴 했었는지.

그 새벽의 서슬 퍼런 하늘과 창문 밖으로 앙상하게 남아 있던 나뭇가지와 며칠째 잠을 이루지 못해 시큰거리던 눈과 말로는 다 설명할 수 없던 피로. 그런 것들은 아직 기억 속에 선명하지만, 그 외에 다른 것들은 기억이 나질 않는다.

그저 다른 가족들이 보지 못하게 숨죽여 울던 남동생의 뒷모습과 애달프게 울던 이모들, 그리고 묵묵하게 자리를 지키던 아빠. 그런 파편만이 조각조각 남아 있을 뿐, 나에 대한 건, 내 감정 같은 건 도저히 기억나질 않았다.

나는 손에 쥐고 있는 것들을 내려놓고 자리에서 일어났다. 드르륵 의자 끄는 소리가 거칠게 들렸다. 여자는 그런 나를 아무 말 없이 바라보고 서 있었다. 나는 여자에게 물었다.

"책…… 어떻게 찾으면 되나요?"

여자가 대답한다.

"필요한 기억은 지원 씨의 발길이 닿는 곳에 있을 거예요."

이 서점은 넓이도 깊이도 정확히 알 수가 없다. 넓은 곳은 끝도 없이 넓고, 좁은 곳은 끝도 없이 좁다. 조금만 더 가면 금방이라도 그 끝에 닿을 것 같다가도, 자세히 보면 칠흑처럼 검은 어둠 너머로 무한한 공간이 보였다. 나는 온통 책으로 둘러싸인 길을 걸으며 내게 필요한 것이 무엇인지 고민했다. 어디로 돌아가야 할지. 어디로 돌아갈 수 있을지.

시끄러울 만치 고요한 적막 속에 내 발소리만 들렸다. 나는 자연스럽게 발길이 멎은 곳에서 책장을 마주했다. 내 시선과 꼭 맞는 높이에 꽂힌 책등엔 '2022년 7월 10일'이라는 날짜가 쓰여 있었다. 약 7개월 전의 기억이었다. 나는 붉은색 책 앞으로 손을 가져갔다. 두 번째 손가락을 책 위에 올려 가볍게 힘을 주자 저항 없이 빠져나오는 책의 무게가 가벼웠다.

3주 전 기억과 다르게 조금 진한 듯한 글씨가 눈에 담겼다. 나는 중간 부분을 열어 책장을 펼쳤다. 그리고 이미 지나간 내 머릿속을 들여다보기 시작했다.

마감을 앞두고 숨을 쉬기가 어렵다. 애꿎은 글자들을 썼다가 다시 지운다. 내가 지운 글자들은 다 어디로 가는 걸까. 어렵게 쓰이고 쉽게 지워지는 글자들을 모아 한데 묶으면 책 한 권의 분량이 나올 것만 같다. 누가 재촉하는 것도 아닌데 나 혼자만 조급하다. 아니, 사실 나는 언제나 재촉받고 있다. 글을 쓰고 원고료를 받아야 생활할 수 있는 것이 바로 내가 선택한 직업이다.

기억난다. 마지막 연재를 하던 시점이었다. 작가로서의 마지막이 아니라, 현재의 내가 할 수 있는 마지막 연재였다. 그 후론 줄곧 글을 쓰지 못했다. 그러니까 이때가 발단이었다. 10년 가까이 잘 누르고 살던 공황 증세가 다시 고개를 쳐들기 시작한 것이.

나는 책을 덮어 다시 제자리에 꽂아놓고, 멀지 않은 곳에 위치한 다른 책을 꺼내 들었다. 붉은색 책등에 쓰여 있는 날짜는 2022년 7월 28일. 여전히 7월의 여름이었다.

연재가 중단된다. 아무리 애를 써도 글을 쓸 수 없다. 호흡곤란 증세로 불면증이 깊어져 뇌 검사를 받는다. 폐소 공포증으로 막힌 곳에 들어가지 못해 모든 검사를 수면으로 진행한다. 이 순간이 내겐 유일한 ~~휴식~~ 도피이다.

휴식이라는 글자 위로 그어진 까만 줄을 물끄러미 내려다보았다. 글자의 색깔은 조금 전과 비슷한 진회색이었다. 처음 보는 서식에 의문이 생겼다. 기억이라는 것이 저렇게 수정되기도 하는 것인지. 나는 다시 책을 꽂아 넣고 그 주위를 배회했다. 또 다른 형식의 기록이 있는지 궁금해진 탓이었다. 하지만 선뜻 손이 가는 책을 찾기가 어려웠다. 나는 책장을 한 칸 정도 지나쳐 책등의 색깔이 다른 칸을 찾았다.

2022년 9월 5일. 8월을 뛰어넘은 가을의 기억이었다.

수많은 검사에도 내 몸엔 아무런 이상이 없다. 지금의 나는 최선을 다해 나 자신을 속이고 있다. 뭐가 문제인지 처음부터 다 알고 있었으면서 쓸데없이 멍청한 짓은…… 이제 내가 갈 수 있는 곳은 단 한 곳뿐이라는 사실을 인정해야 한다.

지금까지와 별다를 것 없는 형식에 실망감이 들었다. 쓰여 있는 내용조차 별 볼 일 없어 미련 없이 책을 꽂아 넣는데 순간, 이 서점이 가지고 있는 진짜 무게가 피부로, 온 세포 구석구석 선명하게 느껴졌다. 이 서점과 알 수 없는 여자의 존재를 어느 정도 받아들이고 믿게 되었다고 나 스스로를 설득하고 있었지만, 끝의 끝까지 놓지 않고 있던 경계선이 가위로 잘라낸 듯 탁, 하고 끊어진 기분이었다. 반쯤 불신하며 아무 생각 없이 불규칙하고 무질서하게 뽑아 든 이 책의 기록들은 진짜 내 기억의 일부였다.

불현듯 찾아온 진실의 무게가 버거웠다. 서점이 내 몸 안의 공기를 모두 빨아들인 듯 심장이 쪼그라들었다. 잠시 숨을 쉴 수 없어 휘청거리던 몸을 간신히 바로 세우고 발걸음을 돌려 반대편 책장으로 나아갔다. 걸음을 재촉할수록 고속도로를 달리는 자동차들처럼 빠르게 지나가는 책들이 시야에 담겼다.

막다른 길에 다다라서야 발걸음이 멈췄다. 무섭게 뒤쫓아오던 공포와 두려움이 벽에 가로막혔다. 나는 그곳에서 나를 잡아먹을 듯 맹렬하던 감정들을 떨쳐버리고 아무렇게나 손을 뻗어 책 한 권을 집어 들었다. 옅은 갈색으로 된 책등 위엔 '2019년 6월 13일'이라는 날짜가 쓰여 있었다.

첫 계약이다. 반신반의로 한 투고가 곧바로 출간 제안으로 이어지다니. 투고 결과에 대한 메일을 읽자마자 운전을 해서 집으로 돌아가는 길에 문득 이런 생각을 한다. 엄마한테 전화해서 얘기해 줘야지. 엄마가 좋아하겠지? 기뻐하겠지? 생전 해본 적도 없던 어리광을 부리려니 조금 쑥스러워진다. 하지만 이내 깨닫는다. 아. 엄마는, 돌아가셨지. 나는 운전대를 잡은 그대로 멍한 상태가 돼버린다.

무방비한 상태로 마주한 단어에 눈물이 고인다. 과한 힘으로 씹어 문 어금니에 턱까지 시려온다. 낯선 곳에서 처음으로 눈에 담게 된 '엄마'라는 글자에 바늘을 삼킨 듯 목이 멘다. 아무도 보고 있지 않으니 그냥 울어버리고 싶다. 하지만 난 여전히 내 자신에게 솔직하지 못하다. 늘 믿음직한 딸이고 싶었던 마음이 눈물샘을 잠근다. 나는 익숙한 듯 고개를 들어 천장을 바라본다. 끝도 없이 높은 곳을 향해 천천히 눈을 감자 눈꺼풀을 비집고 흘러나오려던 눈물이 스펀지에 흡수되는 물처럼 사라진다. 나는 다행이라는 생각에 안도하며 다시 책을 읽는다.

엄마한테 전화해서 얘기해 줘야지.

그 문장에 시선이 고정된다. 마음이, 칼로 난도질당한 것처럼 아프다. 그런 적이 수도 없이 많이 있었다.

내 마음에 깊게 남은 상처는 엄마였다. 언제나 그랬다. 엄마의 부재가 아닌 엄마의 존재 자체가 흉터로 남아 엄마를 생각하는 것만으로도 아프고 괴로웠다. 그래서 엄마를 생각하지 않으려 노력했다. 그러면 그 노력 때문에 나는 또 엄마에게 미안하고 죄책감이 들어 보다 더 엄마의 입장에서, 엄마의 감정에 나를 이입해서 생각했다.

그렇게 악순환은 반복됐다. 지금에서야 나는 너무도 당연한 사실 하나를 깨닫는다. 나에겐 잊힌, 혹은 너무 곱씹어 문신처럼 진하게 남은 그 기억들을 똑바로 마주할 용기가 필요하다고.

필요한 기억은 지원 씨의 발길이 닿는 곳에 있을 거예요.

여자가 했던 말을 떠올린다. 나는 가장 먼저 마주해야 할 기억을 찾아 걷는다. 똑같이 생긴 책장 속 저마다 다른 색과 크기로 나란히 서 있는 것들을 지나친다. 나무 바닥 위를 구르는 힘이 세질수록 민들레 홀씨 같은 먼지가 나풀거리며 내 뒤를 따라온다.

그날의 내 기억은 어떤 모양으로 적혀 있을까. 걱정과 불안으로 펄떡거리는 가슴에 정수리 끝까지 열이 오른다. 나는 서점 속 깊은 곳, 아주 멀리까지 갔다가 다시 열람실 쪽으로 걸음을 옮긴다. 그곳의 기억이 자석처럼 나를 끌어당겼다.

"……찾았다."

여자가 했던 말 중 거짓은 없었다. 정말로 필요한 기억은 내 발길이 닿는 곳에 있었다.

"그런데 이게…… 왜 이렇게 되어 있지?"

마침내 찾은 기억을 꺼내 들려는 순간, 이상함을 감지한 손길이 허공에 멈춰 섰다.

2016년 2월 28일. 내가 찾던 그날의 기억은 지금까지 봤던 책들과 달리 누군가 일부러 망가뜨리기라도 한 것처럼 겉표지가 닳아 있었다.

두려움이 엄습했다. 너덜너덜해진 표지가 그날의 내 감정을 대변하는 것 같아 겁이 났다. 하지만 용기를 내어 손을 뻗어보았다. 손끝에서 느껴지는 다 해진 종이의 감촉에 손이 떨렸다.

"……."

아마도 군청색이었을, 빛바랜 표지를 넘겨 책을 펼쳐 들었다. 망가진 건 표지뿐만이 아닌 듯 속지마저도 거뭇거뭇하게 때가 탄 책은 그 어떤 책보다 무거웠다. 나는 곧 찢어질 것처럼 위태로운 페이지를 넘겼다. 그 속엔 지금껏 봐왔던 정갈한 글자들 대신 심이 굵은 연필로 마구 긁어 만든 검은 자국이 있었다.

2016년 2월 28일.

이날은 엄마의 기일이었다.

준비된 죽음은 의연할 줄 알았다.

"지원아. 아빠가 하는 말 잘 들어. 음…… 엄마가 좀 아파
서 당분간 병원에 입원해야 해."

"어디가 어떻게 아픈데 입원까지 해?"

"네가 맏이고 넌 알고 있어야 하니까 아빠가 말해주는 거
지만, 그렇게 큰일은 아니야. 엄마가 비인두암이라는 병에
걸렸는데……."

"암?"

"어, 근데, 항암치료하고 방사선치료 받으면 다 나을 수 있대. 아빠가 아무 일도 없게 알아서 잘할 테니까 넌 걱정하지 않아도 돼."

수능이 끝나고 얼마 지나지 않았을 때. 나는 수능 성적표보다 엄마가 암에 걸렸다는 소식을 먼저 받아야 했다. 그땐 아무렇지 않았다. 내가 열여덟 살엔 아빠가 피를 토하고, 한창 수능을 준비하던 열아홉 살엔 동생이 아빠를 위해 간 이식 수술을 해주기도 했었으니까. 아무것도 모르는 무지함이 불안으로부터 나를 지켜주었다. 그러니까 정말 난, 아빠와 동생이 건강하게 다시 내 앞에 섰던 것처럼 엄마도, 엄마에게 부는 바람도 그렇게 지나갈 줄로만 알았다. 하지만 불행은 그리 쉽게 벗어날 수 없었다.

"방사선 후유증인가…… 엄마 약간 편마비 증세가 있는 것 같은데……."

철없던 스무 살. 엄마는 아무 일도 없을 거라던 아빠의 장담처럼 병을 이겨냈다. 그래서 난 모든 것이 너무도 당연하게 제자리를 찾았다 확신했다. 하지만 아니었다.

여전히 어렸던 스물한 살. 엄마에게 장애가 생겼다. 누구보다 자신감 넘치고 현명하며 당차기만 했던 엄마가 사람들의 시선을 피해 서서히 무너지고 있었다. 나는 그 또한 괜찮을 거라고, 어쩌다 한 번 꾸는 지독한 악몽일 뿐이라고, 캄캄한 어둠이 지나고 아침이 밝아오면 모든 게 다 괜찮아질 거라고, 나에게 거짓말을 했다.

"아무래도 언어장애와 연하장애가 같이 온 것 같습니다. 앞으로도 계속 음식을 삼키지 못하실 텐데, 이런 경우 위에 고무관을 삽입해서 음식물을 직접 공급하는 방법이 있습니다."

상황은 계속 나빠지기만 할 뿐 나아지는 것은 없었다. 발병확률도 희박하다는 비인두암을 이겨낸 엄마는 방사선치료 후유증으로 왼쪽 팔과 다리에 편마비를 얻었고, 시간이 지나며 혀도, 목도 굳어 종국엔 배에 구멍을 뚫고 액체만 주입할 수 있는 관급식을 해야 했다. 그래도 난 다행이라고 생각했다. 엄마가 옆에 있으니까. 전보다 약해지고 전보다 자주 울고 전보다 우울한 모습이라도, 엄마가 우리 곁에 있음에 감사했으니까. 간절히 기도하고 또 바라면 '기적'이라는 것이 일어날 줄 알았다. 그래서 난 믿지도 않는 신을 찾아 밤마다 기도했다.

도와주세요. 살려주세요. 제발 우리 엄마가 예전처럼 건강해질 수 있게 해주세요.

"아무래도 암이 재발한 것 같습니다. 확실한 건 조직 검사 결과가 나와봐야 알 수 있지만, 아직 환자분께는 말씀 드리지 않는 게 좋을 것 같네요. 정확한 결과가 나오면 그때……."

기적은 얼마나 더 빌어야 일어나는 걸까. 대체 얼마나 더 나락으로 떨어져야…… 내 기도가 하늘에 닿는 걸까. 더는 물러설 곳이 없다고 생각했는데, 그런 내 바람을 비웃기라도 하듯 나쁜 소식은 매일 새롭게 날아들었다.

스물여섯 늦은 밤 골목길. 나는 아무도 없는 거리에 주저앉아 주먹이 다 까질 때까지 땅을 치며 울었다. 꼬박 7년이었다. 7년. 왜 나한테만, 왜 우리 엄마한테만 이런 일이 벌어지는 걸까. 엄마는 계속 착하게 살았는데.

이번엔 아니겠지. 이번엔 아닐 거야. 이번엔 아니어야 해. 제발 저한테 벌을 주세요. 엄마에겐…… 이제 그만…… 그 잔인함을 멈춰주세요.

"암이 온몸에 전이되어 더는 손을 쓸 수가 없습니다. 가족분들끼리 잘 상의하셔서 연명치료 결정을 해주셔야 합니다. 연명치료 중단은, 이쪽에 사인하시면 됩니다."

신은 죽었다.

아무리 빌어도 내 기도는 이뤄지지 않았다. 나는 건강했을 적 엄마와 약속한 대로 연명치료를 하지 않겠다, 이름을 적었다. 김지원. 그렇게 엄마가 지어준 이름을 엄마의 죽음에 동의한다는 의미로 또박또박 적어 내려갔다.

스물일곱. 죽음은 갑작스레 찾아들지 않았다. 어느 날 태연한 모습으로 병실 문을 열고 들어와 내가 그렇게 하듯 몇 날 며칠을 엄마의 곁에 머물렀다. 그 앞에서 나는 한없이 작아졌고, 죽음은 나의 두려움을 먹고 자라 엄마의 침대맡에서 커다란 입을 벌렸다. 열아홉부터 스물일곱. 꼬박 8년을 준비한 이별에 나는 내가 괜찮은 줄 알았다. 엄마와 보내는 마지막 순간, 울지 않음으로써 단단한 모습으로, 평생 그렇게 엄마의 믿음직한 딸로 남은 거라 생각했다. 하지만 아니었다. 나의 내면은 단단했기에 휘어지지 못했고, 그렇게 억지로 버티었기에 산산이 조각나 부서져 버린 것이었다.

그 사실을 여기, 이 책이 증명하고 있었다.

"……하."

몇 장이고 반복해서 페이지를 넘겨봐도 결과는 똑같았다. 물에 흠뻑 젖었다가 마른 책처럼 우그러진 종이마다 검게 뭉개진 자국만 가득했다. 나는 해야 할 일을 잊어버린 사람처럼 망연하게 앉아 허망한 손길로 책장을 넘겼다. 새로운 페이지가 나올 때까지. 비라도 내린 듯 눅눅한 페이지가 사라질 때까지.

"그건, 아까 말한 크로키예요."

"크로키요……?"

"자신이 가진 언어에서 표현의 한계를 느끼게 되는 순간이 오면, 문장 대신 남게 되는 그림 말이에요."

언제 온지도 모르게 소리 없이 다가온 여자가 나와 같이 바닥에 앉으며 내게 말했다. 여자의 손엔 초롱등처럼 얇은 유리로 둘러싸인 촛불이 들려 있었다. 여자는 편안한 호흡으로 책장에 등을 기대고 앉아 다리를 길게 뻗었다. 나는 흔들리는 불빛 아래 펼쳐진 페이지를 눈에 담았다. 그 속엔 커다란 창문 앞에 서서 홀로 등을 돌린 채 숨죽여 울고 있는 동생의 뒷모습이 새겨져 있었다.

"어머니가 돌아가신 그날, 지원 씨는 엄마의 눈으로 동생을 지켜봤나 봐요."

"……."

"엄마가 동생을 걱정하실 마음을 헤아리려 노력했던 거죠. 그래서 채워 넣을 수 있는 단어가 없었던 거예요. 지원 씨 사전엔."

여자가 내뱉은 말이 돌덩이가 되어 가슴에 얹혔다. 호흡이 불편해졌다. 여자의 손에 들린 촛불 때문에 자꾸만 눈앞이 아른거려 눈꺼풀 속으로 파도가 너울졌다. 나는 여자의 말에 동조하는 대신 목 끝까지 차오른 질문을 던졌다.

"이 책은…… 왜 이렇게 망가진 건가요?"

여자는 오른쪽 비어 있는 공간에 촛불을 내려놓고, 왼쪽으로 몸을 기울여 내 손에 들린 책을 조심스럽게 가져갔다.

"이렇게 보존 상태가 좋지 않은 책들은 지원 씨가 가장 많이 꺼내 본 기억들이에요. 종이로 된 건 자주 들춰 볼수록 손때가 묻고 구겨지고 닳잖아요? 지원 씨는 이날의 기억을 이만큼 많이, 자주 꺼내어 본 거예요."

"그럼 여기, 새까맣게 칠해진 부분들은요?"

"기억은 시간이 지날수록 잊히고 오염되고 왜곡되는데, 지원 씨 머릿속에서 잊힌 기억들은 글자가 진해지고, 아직 머릿속에 남아 있는 기억들은 글자가 흐리게 기록돼요. 지원 씨는 이날의 기억을 잊고 싶었나 봐요. 그런데 잊으려고 할수록 오히려 자주 꺼내어 보았죠. 그럴 때마다 지원 씨는 기억을 조금씩 바뀌갔어요. 그 과정에서 글자들의 잉크가 번지고 뭉치고, 결국은 이렇게 변해버린 거죠."

기억은 시간이 지날수록 왜곡된다. 내가…… 이날의 기억을 스스로 바꿨다. 혼잣말처럼 중얼거리는 말에 여자가 두 손을 모아 동그란 원을 만들었다.

"기억이란 눈덩이 같은 거예요. 굴리고 굴릴수록 점점 커지고, 그럴수록 감당이 안 되는."

"……."

"죄책감도 마찬가지죠."

여자가 손으로 꾹꾹 뭉쳐 만든 것을 내 가슴속으로 밀어넣었다. 나는 진짜 눈덩이를 삼킨 것처럼 얼얼한 감촉에, 여자의 손이 닿았던 곳을 가만히 어루만졌다. 이질적일 만큼 차갑고 시린 온도에 온몸이 떨렸다.

"여기 처음엔 뭐라고 쓰여 있었을까요?"

"……."

"그리고 지원 씨는 뭐라고 바꿔 썼을까요?"

"……."

"결국, 뭐가 남게 되었을까요?"

여자가 쌓아 올린 물음에 나는 아무 말도 하지 못했다. 여자는 그럴 줄 알았다는 듯 쌓아 올린 물음을 하나씩 되가져갔다.

"사랑해."

"……."

"고마워."

"……."

"그리고—"

마지막 대답은 내 몫이라는 듯 여자가 비어 있는 내 손에 책을 쥐여주며 나를 쳐다보았다. 나는 얼마 남지 않은 페이지를 넘겨 흐리게 적힌 문장 하나를 읽어 내렸다.

"내가 많이 미안해, 엄마."

밀도 높은 후회들이 가득 꽂힌 책장이 있었다. 죄책감으로 너덜거리는 책들은 대체로 엄마의 첫 발병 이후의 것들이었다. 멀쩡하게 남은 책들과 달리 두껍고 무겁게 변한 책들은 금방이라도 책장을 무너뜨릴 듯 위태로웠다. 나는 그중 가장 엉망으로 망가진 책들을 들고 열람실로 돌아왔다. 그리고 가로로 길게 뻗은 책상 위에 책들을 내려놓은 뒤 한참 동안 멍하니 그것들을 바라보고 있었다.

　여자는 잠시 가져올 게 있다며 어딘가로 사라졌다. 나는 아무도 없는 열람실에 홀로 앉아 발화점을 생각했다. 내 인생을 송두리째 집어삼킨 화마는 대체 어디서부터 온 걸까. 무엇을 바꿔야 그 불씨가 일어나지 않을까. 모르는 척 망설이고 있지만 사실 난 처음부터 그 답을 알고 있었다. 지나온 시간 동안 죄책감으로 왜곡시킨 기억에 짓밟혀 살면서 내가 원한 것은 오직 하나뿐이었다.

엄마. 엄마의 건강. 엄마가 있는 지금. 엄마와 함께하는 삶.

나는 여자가 건네주었던 책갈피를 손에 쥐고 깊은 고민에 빠졌다. 세 번의 기회라는 것은 얼핏 그 수가 많아 보이지만, 아주 오랜 시간 응축된 갈증을 해소하기엔 터무니없이 적은 기회였다. 게다가 한번 거슬러 간 시간은 다시 되돌릴 수 없다. 첫 번째 선택이 잘못되면 남은 기회는 있어도 없는 거나 마찬가지였다. 그렇기 때문에 최대한 신중하게 돌아갈 시점을 선택해야 했다. 나는 눈을 감고 흐려진 기억을 떠올리는 데 집중했다.

우선 엄마가 앓았던 병에 대해 생각해 본다. 발병 자체를 막을 수는 없으니 최대한 초기에 발견해 치료를 받는 게 최선일 것이다. 당시 이미 빠르게 진행되고 있던 병 때문에 방사선 조사량이 과도했던 것도 문제였다. 그 때문에 막대한 후유증이 따랐고, 이것만 지나가면 다 괜찮아질 거야 하며 매일같이 이어지던 희망 고문에 엄마는, 우리 가족은 서서히 죽어갔다.

나는 쌓여 있는 책들 중 하나를 꺼내 펼쳐 들었다. 책등에 쓰인 날짜는 내가 열아홉 살이던 2008년 11월 23일이었다.

늦은 밤, 기숙사로 돌아가는 차 안에서 아빠가 말한다. 엄마가 암에 걸렸다고. '암'. 나는 지금껏 몇 번 들어보지도 못한 그 단어를 되짚어 본다. 내 주변엔 암에 걸린 사람이 없다. 그래서 나는 그 병이 독감보다 그다지 심각한 것도 아닌 것처럼 느껴진다. 아빠가 괜찮다면 정말 괜찮겠지. 그렇게 믿어버린다.

이때가 처음이었다. 견고하던 내 인생에 균열이 보이기 시작한 것. 나는 아빠가 괜찮다고 말하면 정말 괜찮을 줄 알았다. 그게 내가 살던 세상이었다. 하지만 그때 아빠가 했던 말은 거짓말이었다. 주민등록증이 나오고, 곧 스무 살을 앞둔 나이였다고 해도, 아빠에게 난 평생을 바쳐 지켜주고 싶은 어린 딸에 불과했다. 내가 진실을 알게 된 건 그로부터 몇 년이 지나 엄마에게 이미 후유증이 생긴 어느 날이었다.

이모가 말한다. "느이 엄마 그거 진즉에 내가 병원 가랄 때 갔으면 이렇게까진 안 됐을 텐데."
나는 묻는다. "그때 초기에 발견한 게 아니었어?"
이모가 답한다. "그 전에 아빠 토혈하고 쓰러져서 병원 쫓아다

닐 때, 느이 엄마 병원 로비에서 한 번 기절했었잖아. 그때 그냥 지나치지 말고 검사만 받았어도……. 에휴."

2012년 3월 14일. 편마비 치료를 위해 엄마가 입원한 병원 구내식당에서 이모와 나눈 대화였다. 나는 힘을 주고 글씨를 쓴 것처럼 오돌토돌한 활자를 하나씩 만져가며 대화를 복기했다. 엄마의 병은 내가 열아홉이 아니라 열여덟 살일 때부터 이미 시작된 것이었다.

그러니까 시간은 그보다 조금 더 앞으로 되돌려야 했다. 열여덟 살의 여름, 그 이전으로.

나는 입술을 물어뜯으며 시간을 계산했다. 그때 엄마가 처음으로 쓰러졌다고 했으니 병은 이미 진행되고 있었을 것이다. 증상이 나타난 후에 검사를 받는 건 시간을 되돌리는 의미가 없다. 그럼 대체 어느 시점으로 돌아가서, 어떻게, 무슨 행동을 해야 할까.

엄마의 병은 아빠가 토혈한 이후 스트레스와 피로 누적으로 인해 급물살을 탔을 것이다. 그렇다면 그보다 조금만 더 앞으로. 열여덟의 봄이라면…….

거기까지 생각이 미치자 저절로 몸이 움직였다. 나는 비로소 내가 해야 할 일을 깨달았다. 정신이 번쩍 들자 지금까진 들리지 않았던 레코드판의 소리가 들리기 시작했다. 나는 빠르게 연주되는 피아노 선율에 쫓기듯, 어디에 보관되어 있는지도 모르는 책을 향해 뛰었다. 나는 2007년 2월, 새 학기가 시작되기 직전으로 돌아가야 했다.

이렇게 숨이 차게 뛰어본 게 얼마 만이더라. 왠지 모를 기대감에 폐가 부풀어 오른다. 만약 여자의 말이 사실이라면, 신비로운 눈동자와 듣기 좋은 목소리로 사람의 절박함을 이용해 먹는 악질 사기꾼이 아니라면, 그래서 정말 내가 원하는 순간으로 시간을 되돌릴 수 있다면, 엄마를 살릴 수 있다. 건강한 엄마를 다시 볼 수 있다.

나는 마치 앞만 보고 내달리는 경주마처럼 빼곡하게 늘어서 있는 책장을 따라 달렸다. 그러다가 어느 한 시점에 나도 모르게 멈춰 섰다. 왼쪽으로 고개를 돌려보니 저 멀리 벽면에 봄꽃이 잔뜩 핀 풍경화가 걸려 있었다. 나는 양옆에 꽂힌 책들의 보호를 받으며 책장이 만든 골목 안으로 발을 내디뎠다. 내가 찾던 기억은 노오란 들꽃이 피어 있는 캔버스 바로 앞에 있었다. 2007년 2월 2일의 기억이었다.

왜 하필 2월 2일일까? 손에 들린 책을 보며 생각했다. 나는 분명 2007년 2월의 어느 날까지만 마음속에 떠올렸는데, 마치 내게 길을 알려주는 것처럼 정확한 날짜의 기억이 나를 찾아온 것에 의문이 들었다. 나는 재빨리 책을 펼쳤다. 이제는 제법 눈에 익은 글씨체가 순식간에 그날의 기억으로 나를 빨아들였다.

방학이 끝나간다. 고등학교 3학년보다 고달픈 게 고등학교 2학년이라던데. 아, 학교 가기 싫다. 방학이라고 내내 놀기만 한 것도 아니다. 겨우 월요일 하루를 빼놓고 화요일부터 토요일까지 줄곧 학원에서 보내는 시간이 아깝다. 수험생이 되기 전에 최선을 다해 놀아야 하는데. 쉬는 날 할 수 있는 거라고는 고작 문을 닫고 내 방 침대에 누워 천장을 바라보는 것뿐이다.

그리 특별할 것도 없는 기억이었다. 그런데 왜 하필 이날이 내 눈앞에 나타났을까. 나는 책장을 넘겨 이미 오래전에 잊힌 듯 진하게 남아 있는 글자들을 읽어 내려갔다.

방문 밖에서 요란한 소리가 들린다. 거실에서 티브이를 보던 엄마가 3시에 해두었던 병원 예약을 깜빡했다며 목소리를 높인다. 나는 베개 옆에 놓아둔 핸드폰을 집어 든다. 시각은 이미 오후 7시 40분을 가리키고 있다. 병원 문이 닫혀도 진작에 닫혔을 시각이다. 나는 생각한다. 다시 예약해서 가면 되지. 저렇게 잊어버리는 거 하루 이틀도 아닌데 뭐, 새삼스럽게. 오늘 하루도 참 별거 없이 흘러간다.

……이제 알았다. 왜 이날의 기억이 나에게로 왔는지.

2006년 겨울부터 엄마는 부쩍 귀에서 이명이 들린다고 했었다. 하지만 대부분이 그러듯 병원 진료를 미루고 또 미뤘다. 그러다 마침내 2007년으로 해가 바뀌자 떠밀리듯 동네 이비인후과 진료 예약을 했다. 그때 당시 나는 엄마를 이해할 수 없었다. 통증이 있고 불편함이 느껴지는데 왜 병원을 안 가지? 하지만 그뿐이었다. 엄마의 손을 붙잡고 병원으로 당장 끌고 갈 생각은 하지 못했다. 아니, 하루를 꽉 채운 학원 스케줄을 핑계로 그러고 싶지 않았던 건지도 모르겠다. 엄마가 아프기 전에 나는 애교스럽기는커녕 말수도 적고, 집에서는 굳게 닫힌 방문 안에서만 서식하는 무심하고 못난 딸이었다.

"그래. 이때로 돌아가자."

나는 결심했다. 3시에 예약한 병원 일정을 엄마가 잊었으니 내가 대신 기억하면 됐다. 그때로 돌아가 방문을 열고 나와 엄마의 손을 붙잡고 병원에 데려가면 된다. 영영 풀 수 없을 것 같던 문제를 마침내 해결한 것처럼 속이 후련했다. 나는 들고 있던 책을 품에 안고 열람실로 돌아갔다. 되돌리고 싶은 순간

의 기억을 찾기까지 한참을 뛰었던 것 같은데, 열람실에 닿는
건 순식간이었다. 나는 숨을 몰아쉬며 책상 위로 책을 올려놓
았다.

"드디어 찾았나 보네요, 첫 번째 기억. 목마르죠? 거기 물 좀
마셔요."

언제 돌아왔는지 나보다 먼저 열람실에 와 있던 여자가 나
를 보며 말했다. 이렇게 될 줄 알았다는 듯 내가 앉아 있던 자
리에 놓인 물 한 컵이 시야에 담겼다. 여자는 이미 재생이 끝
난 레코드판을 능숙한 동작으로 케이스에 끼워 넣고 있었다.

"책갈피 옆에 놓인 상자엔 손목시계가 들어 있어요. 그 시계
가 돌아와야 하는 시각을 알려줄 거예요. 서점 매뉴얼은 잘 숙
지하고 있죠? 과거엔 세 시간 동안만 머물 수 있다. 기록된 기
억을 찾으면—"

여자는 나와 거리를 좁히지 않은 채 그저 평범하게 레코드
판을 고르며 점심 메뉴를 말하듯 의연한 말투로 내게 말했다.
나는 여자가 권한 물 한 컵을 말끔하게 비우고 자리에 앉으며
여자의 말을 가로챘다.

"책장 사이로 책갈피를 끼워 넣어 매니저에게 건넨다."

미처 가라앉지 못한 호흡이 목소리에 묻어나왔다. 여자는
무관심하던 태도를 고쳐 나를 바라보며 만족스러운 듯이 고

개를 끄덕였다. 여자의 눈동자엔 여전히 잿빛 먹구름이 가득
했다.

첫 번째
여행

"원하는 시간은 거기 오른쪽에 튀어나와 있는 용두를 돌려서 맞추면 돼요. 오전과 오후는 확실하게 구분해야 하고. 그렇게 모든 준비를 마치면 나한테 신호를 보내요. 내가 문을 열고 지원 씨가 그 문턱을 넘는 순간 시간은 과거로 돌아가게 될 거예요."

이미 정해놓은 순간에 더는 망설일 것이 없었다. 나는 가죽 끈이 책 밖으로 살짝 튀어나오도록 책갈피를 끼워 넣고, 여자가 준 상자를 열어 안에 들어 있는 시계를 확인했다. 시계는 동그란 은색 테두리에 책갈피와 같은 색의 가죽 밴드로 만든 아날로그 시계였다. 시계 안쪽은 하얀 바탕에 아라비아 숫자로 시간이 표기되어 있었고, 시곗바늘 아래 조그마한 창으로는 오전과 오후를 표시하는 문자가 영문으로 쓰여 있었다. 어쩐지 기시감이 드는 모양에 대체 이 시계를 어디서 본 건지 기억을 더듬었다. 그리고 깨달았다.

"저기, 여기 아무도 없어요?! 저기요!!!"

그때. 병원 대기실에서 봤던 그 남자. 그 남자의 손목에 채워져 있던……!

"사람이 죽는다고!!! 제발……."

같은 공간에 있지만 마치 다른 곳에 존재하는 사람처럼, 단순히 간절함이란 말로는 이루 다 설명할 수 없을 만큼 짐승처럼 포효하던 남자. 그 남자가 강박적으로 확인하던 것과 정확히 같은 시계였다.

그럼 혹시 그 남자도……?!

나는 의문을 담은 눈으로 여자를 쳐다보았다. 여자는 그저 가볍게 웃으며 눈썹을 까딱일 뿐 아무런 말도 더 하지 않았다.

나는 두근거리는 심장을 다독이며 시계를 손목에 둘렀다. 시계는 나를 위해 맞춤 제작한 것처럼 피부에 착 달라붙어 적당한 위치의 구멍으로 바늘이 쏙 들어갔다. 조금 어색하거나 무겁게 느껴질 법도 한데, 이 시계는 그렇지 않았다. 나는 손목을 빙빙 돌려보기도 하고 양옆과 위아래로 흔들어보기도 했다. 하지만 시계는 그 자리에 머물러 있었다. 신기하고 기이한 마음에 자정에 맞춰져 있는 시계를 물끄러미 내려다보았다. 그러다가 내 뒤로 스쳐 지나가는 여자의 발걸음 소리에 퍼뜩 정신이 들어 자리에서 일어섰다. 나는 책갈피가 꽂힌 책을 들고 여자가 서 있는 문 앞으로 걸어갔다. 여자는 내가 건넨 책을 받아 들고 시계의 사용법을 일러주었다. 나는 여자의 손으로 넘어간 내 기억의 날짜를 확인했다.

2007년 2월 2일.

그리고 시계의 용두를 돌려 시간을 맞추기 시작했다. AM이 PM으로 바뀔 때까지. 짧은바늘이 숫자 2를 가리키고 긴바늘이 숫자 6을 가리켜 오후 2시 30분이 될 때까지.

타악.

시간을 맞추기 위해 밖으로 잡아 빼놓았던 용두를 안으로 다시 밀어넣자 시계의 부품들이 맞물리는 소리가 들려왔다. 나는 이제 문 앞에 서 있는 여자를 향해 시선을 돌렸다. 여자는 허공에서 마주친 내 눈빛을 신호로 받아들인 듯 일자로 길게 뻗은 문손잡이를 아래로 내리며 전에 없이 다정한 목소리로 내게 말했다.

"준비됐죠? 그럼, 잘 다녀와요."

여자가 문을 당겨 여는 순간, 파동마저 멈춰버린 잔잔하고 고요한 물결 속으로 빨려 들어가던 순간, 꿈결처럼 눈이 감겼다. 머리끝부터 발끝까지 거꾸로 회전하는 시간에 집어삼켜진 순간, 거짓말처럼 귓가에선 풍덩, 물소리가 퍼졌다. 체온처럼 따뜻한 온도에 긴장한 몸이 물감처럼 풀어졌다. 나는 그렇게 조금씩 지나간 시간에 녹아들었다.

까맣다.

눈꺼풀이 까무룩 덮인 시야엔 온통 어둠뿐이다. 나는 눈을 뜨기 전 손가락부터 천천히 움직여본다. 아. 움직인다. 손가락을 하나씩 움직이자 이번엔 손바닥 아래로 부드러운 촉감까지 느껴진다. 나는 두근거리는 마음으로 조심스레 눈꺼풀을 들어 올린다. 까맣던 세상이 하얗게 밝아지며 흐렸던 시야에 초점이 잡힌다. 아, 드디어 보인다. 마침내 내가 닻을 내린 곳이 어딘지 알 것 같다. 저 멀리 높게 보이는 천장. 오래도록 치지 않아 뽀얗게 먼지가 쌓인 피아노. 홀로 우뚝 솟은 책장과 그 옆으로 이어진 책상. 오크색 나무로 된 의자. 파란 불빛과 함께 언제나 내 밤을 채워주던 네모난 오디오. 여긴, 다시는 돌아오지 못할 거라고 생각했던 내 방이었다.

발을 굴러 침대에 누워 있던 몸을 일으켰다. 갑작스레 상체를 들어올리니 머리가 어지러웠다. 나는 침대맡에 앉아 한번 더 주위를 둘러보았다. 눈에 담기는 곳곳 익숙한, 콧속으로 스며드는 공기마저 낯익은 이곳은, 정말 예전 그대로인 내 방이었다.

가슴이 울렁거렸다. 겨우 몸을 움직여 손자국이 묻어 있는 거울을 마주하고 서자, 그 속에 비친 내 모습에 울컥 눈물이 났다. 거울 속엔 아무것도 모르는, 그저 행복에 겨워 천진난만한, 어리숙하기 그지없는 내가 서 있었다. 여자의 말은 모두 진실이었다. 나는 16년 전, 열여덟 살의 내 모습으로 지금 이곳에 존재했다.

시큰해진 눈시울을 손등으로 문질러 닦고 굳게 닫힌 문 앞에 섰다. 이 문을 열면, 이 문을 열고 밖으로 나가면, 엄마를…… 평생 내게 미안함으로, 평생 내 죄책감으로 남은 우리 엄마를 볼 수 있다는 생각에 숨이 가빠졌다. 나는 시간이 지날수록 점점 더 차갑게 식어가는 손에 힘을 주어 문손잡이를 잡았다. 잡았다기보다 매달렸다는 표현이 더 잘 어울릴 만큼 절박한 손길에 손가락 마디마다 격렬한 통증이 일었다. 호흡을 가다듬었다. 크게 들이마시고 내뱉는 숨에 저릿하던 손끝이 조금씩 안정을 되찾았다. 그리고 마침내 큰 결심이라도 내린 듯 굳은 힘을 실어 문을 열었다.

"……아."

몇 번씩 눈을 감았다가 떠봐도, 떨어지지 않는 걸음을 억지로 떼어 문밖으로 걸어가도, 꿈은 깨지 않았다. 이것은 정말 현실이었다. 나는 과거로 돌아왔다. 내 눈앞에 놓인 안방 문이, 내 시선이 닿는 곳마다 나를 반기는 널찍한 거실이, 내 기억 속 모습과 똑같은 모습으로 남아 있는 부엌이, 흩어지는 모래 알처럼 사라지지 않고 계속 그 자리에 남아 있었다.

"어…… 엄, 엄마."

나는 처음 말을 배우는 어린아이처럼 어색하게 엄마를 불렀다. 그 단어를 입에 올리는 것만으로도 심장이 거칠게 뛰었다. 엄마를 기억하는 사람들과 가끔씩 엄마 얘기를 할 때도 입에 담던 이름이었지만, 그렇게 여러 문장 속에 엄마라는 단어를 끼워 넣을 때와 이렇게 소리 내어 부르는 단어는 전혀 다른 무게였다. 나는 아무도 보이지 않는 거실을 향해 한번 더 그 이름을 외쳤다.

"엄마. 엄마? 엄마 어디 있어!!!"

이상하다. 분명 시공간을 넘어온 것은 맞는데. 아무런 인기척도 느껴지지 않는다. 시계의 초침도 처벅처벅 제 갈 길을 나아가 세 시간 중 벌써 3분이라는 시간이 흘렀는데.

아무도 없다. 분명 맞는 곳으로 왔는데. 그런데 왜…….

"엄마!!!!!!!"

나는 빠른 걸음으로 거실을 가로질러 화장실 문을 열었다. 거기에도 엄마는 없었다. 뒤를 돌아 동생 방으로 쓰고 있는 작은 방을 한번 더. 하지만 그곳에도 엄마는 없었다. 설마, 혹시, 밖에 나갔나? 내가 읽지 않고 지나친 페이지가 있었던 걸까?!

나는 중문으로 달려가 벌컥 문을 열었다. 어느 순간부터 조금씩 어긋나 삐거덕 소리를 내던 문이었다. 나란히 놓여 있는 세 대의 자전거와 온갖 잡동사니들이 쿰쿰한 먼지 냄새로 나를 반겼다. 오랜 시간이 지나 모든 것을 잊어버린 내가 현관에 놓인 신발만으로 엄마의 행방을 가늠하는 일은 불가능한 것이었다. 나는 그 자리에 주저앉아 머리를 쥐어뜯었다. 역시, 한번 잃어버린 사람은 다시 만날 수 없는 걸까. 그럼 난 대체 왜 여기에…….

"아이고, 김지원! 엄마 닳겠다. 고만 좀 불러."

그때였다. 등 뒤에서, 매일 밤 숨죽여 그리워하던 기척이 느껴졌다. 아니, 나를 부른 건 기적이었다. 다리에 힘이 풀린 나머지 쪼그리고 앉아 있던 몸이 옆으로 쓰러졌다. 눈물이 차올라 흐릿해진 시야에 "얼씨구, 얼씨구? 너 뭐 해?" 하며 나를 놀리는 목소리가 들렸다. 나는 그 목소리에 왈칵 서러워져 그대로 몸을 동그랗게 말고 딱딱한 마룻바닥 위로 얼굴을 파묻었다. 방사선 후유증으로 성대가 상해 오랫동안 듣지 못했던 바로 그 목소리였다. 시간이 갈수록 혀가 굳어져 발음도, 음식을 삼키는 것도 제대로 하지 못해 이따금 핸드폰 문자나 글씨로 대화를 나눠야 했던 엄마가 내 이름을 또박또박 부르고 있었다. "너 뭐 해?" 하며 짓궂게 던지는 목소리에는 웃음기가 가득했다. 나는 고개를 들어 엄마의 얼굴을 보기도 전에 울어버렸다. 마룻바닥으로 뚝뚝 떨어지는 눈물이 동그란 자국을 만들어냈다. 하지만 이대로 고개를 들 수는 없었다. 나는 여자가 했던 말을 기억했다.

"평소와 다른, 그 시기의 지원 씨가 하지 않을 법한 행동을 한다면 마주하고 있는 상대에게 그 이유를 설명하기 위해 꽤 많은 시간을 허비하게 될 거예요. 기억하죠? 주어진 시간은 단 세 시간. 시간은 지원 씨를 기다려주지 않는다는 걸 명심해요."

울지 말자. 다른 사람이 보는 앞에선, 그게 부모님 앞이라도 절대 울지 않던 내가 우는 모습을 보이면 엄마에게 설명할 길이 없어진다. 얼굴을 한가득 뒤덮은 눈물과 콧물을 옷소매 끝으로 슥슥 문질러 닦아내며 다짐했다. 무슨 일이 있어도, 엄마 앞에선 태연해야 한다.

"엄마…… 어디 있었어?"

고개를 들고 웅크렸던 몸을 일으켰다. 피가 쏠려 새빨개진 얼굴을 숨기려 최대한 천천히 뒤로 돌아서는데, 다행히도 엄마가 신발장에 붙은 거울을 보고 있었다. 건강해 보이는 엄마의 옆모습에 목이 메었다. 울음을 삼키기 위해 잔뜩 힘을 준 목구멍에서 쇳소리가 섞여 나왔다. 그런 내 모습을 엄마는 아직 눈치채지 못한 것 같았다.

"엄마 안방 화장실에 있었지. 벌써 사흘째인데 변비가 낫질 않네. 약이라도 먹어야 하나."

염색을 한 지 오래되었었는지 엄마의 손길을 타고 뒤로 넘어가는 머리 사이사이로 희끗한 새치가 보였다. 할머니를 닮아 흰머리가 빨리 난다며, 어째 좋은 건 안 닮고 귀찮은 것만 닮았는지 모르겠다던 엄마의 말들이 떠올랐다. 그제야 나는 겨우 웃을 수 있었다. 하루하루가 생과 사를 오가는 지옥이었던 날들이 있었는데, 지금 엄마가 걱정하는 건 사흘째 해결하지 못한 변비와 다시 한두 가닥씩 올라오기 시작한 새치뿐이라니. 울음인지 웃음인지 모를 것이 입 밖으로 튀어나온 것은 어찌 보면 너무 당연한 일이었다.

나는 엄마를 마주할 자신이 없어 엄마의 등 뒤로 돌아가 엄마의 허리를 끌어안았다. 나보다 8센티미터나 작은 키 덕분에 엄마의 작은 어깨로 기댄 이마가 아늑했다. 나는 들리지 않는 시계 초침 소리를 들었다. 할 수 있다. 살릴 수 있다. 지금 이 모습 그대로 우린 돌아갈 수 있다. 그렇게 다짐하듯 마음속에 새기며 엄마를 끌어안은 팔에 힘을 주고 말했다.

"엄마. 우리 병원 가자."

병원 대기실엔 진료를 기다리는 사람들로 가득했다. 한 건물이 통째로 메디컬 센터인 이 병원엔 유독 이비인후과에만 환자들이 많았다. 그도 그럴 것이 엄마의 암을 처음으로 발견하고, 재발까지 알아챈 게 이 병원 원장님이었다.

나는 모니터에 떠 있는 환자들의 이름이 하나씩 줄어드는 것을 보면서 덜덜덜 다리를 떨었다. 옆에 있던 엄마는 산만하게 움직이는 내 허벅지를 찰싹 때리며 낮은 목소리로 말했다.

"다리 좀 고만 떨어. 정신 사나워."

"……."

"근데 오늘 병원 예약 있는 건 어떻게 알았어? 엄마는 새까맣게 잊고 있었는데."

"어? 아, 그, 전에 엄마가 얘기했잖아. 엄마가 잊어버릴 거 같으니까 나한테 기억하라고."

"그랬나? 큰일이다, 벌써부터 이렇게 깜빡깜빡해 가지고. 나중에 외할머니 닮아서 치매라도 걸리면 어떡—"

"아! 엄마는! 그런 소릴 왜 해!"

"아휴, 깜짝이야. 왜 갑자기 소리는 지르고 그래? 사람들 다 쳐다보게. 그냥 그만큼 걱정이라는 거야. 가족력이라는 게 원래 무서운 법이니까."

"……말이 씨가 된다잖아. 그런 말 입에 담지도 마."

깨진 유리처럼 날카롭게 소리치는 말에 엄마가 등짝을 퍽 하고 때리며 주변을 둘러보았다. 나는 순간적으로 집중된 이목에 멋쩍어 엄마의 시선을 외면했다. 아무것도 모르는 엄마는 평소라면 가볍게 넘어갔을 대화에 내가 유난을 떠는 게 이상한 듯 나를 쳐다보았지만, 나는 끝까지 그런 엄마와 눈을 마주치지 않았다.

심장이 터질 것만 같다. 차가운 겨울바람을 뚫고 집 앞에 있는 병원까지 오면서 한 번이라도 더 엄마의 얼굴을 보려 애썼고, 어떻게든 엄마 손을 붙잡고 싶어서 패딩 주머니에 넣어놓은 손을 몇 번이나 움찔거렸다. 왜 난 간지럽고 쑥스럽다는 핑계로 늘 엄마와 따로 떨어져 걸었을까. 왜 그렇게 늘 방문을 걸어 잠근 채 무뚝뚝하고 재미없는 딸이기만 했을까. 좀더 살갑게 굴었다면 좋았을 텐데. 조금만 더 다정하게 굴었다면, 다시 만난 엄마의 손을 잡는 일이 이렇게까지 어렵진 않았을 텐데⋯⋯.

내가 엄마와 팔짱을 끼고, 손을 잡고, 같이 발가벗고 목욕을 하기 시작한 건 엄마가 편마비를 얻은 직후부터였다. 그것도 자의가 아니라 타의에 의한 것이었다. 엄마에겐 지팡이처럼 붙잡고 걸을 수 있는 사람이 필요했고, 엄마는 이제 더 이상 혼자 몸을 씻을 수 없었으니까.

나는 출입문 쪽으로 향해 있던 고개를 돌려 엄마의 옆모습을 바라보았다. 귀 뒤로 단정하게 넘긴 짧은 머리가 잘 어울렸고, 계란형으로 가냘프게 빚어진 얼굴형이 예뻤고, 패션 감각이 뛰어나 언제나 다른 엄마들보다 멋쟁이였던 우리 엄마. 나는 내가 닮지 않은 엄마의 눈과 내가 닮은 엄마의 코, 그리고 입술을 천천히 훑어 내리다가, 엄마의 무릎 위에 가지런히 올려진 손등 두 개에 시선을 멈췄다. 하얀 피부에 파랗게 도드라진 핏줄, 마지막으로 봤을 때보다 더 팽팽한 손등, 고생이라는 걸 몰랐던 손, 그 손 아래로 빼꼼히 비치는 운동화, 그 위로 단단하게 묶여 있는 신발 끈.

신발 끈……

새삼스러운 기분이 들었다. 엄마는 편마비가 오고 나서부터는 끈 없는 신발만 신었었는데. 225밀리미터, 조그마한 키만큼 작은 발에 어른 신발을 신기도, 아이 신발을 신기도 애매해서 어쩌다 겨우 찾은, 똑같은 디자인의 신발만 오래도록 신고는 했었다. 그래서인지 끈이 있는 운동화를 신고 환자복이 아닌 따뜻하고 푸근한 회색 패딩 점퍼를 입은 엄마의 모습이 익숙하지만 낯설게 느껴졌다.

나는 한참을 망설이다가 엄마의 손등 위로 손을 뻗었다. 엄마 닮아 피부 하얀 것을 감사하게 생각하라던 장난기 어린 말이 아직도 귓가에 선했다. 그래, 맞아. 난 엄마를 닮아 한밤중에도 형광등을 비춘 것처럼 피부가 하얬지. 살결도 엄마를 닮아 보드라웠고. 엄마를 닮아 팔에도 거뭇한 털 하나 없이 매끈했어.

몇 초도 안 되는 그 짧은 시간 동안 수많은 생각들이 스쳐 지나갔다. 그리고 몇 초도 안 되는 그 짧은 사이에 그렇게 닮은 손이 하나로 포개어졌다.

"엄마, 나 손 좀 차가운 거 같지 않아? 여기 난방이 잘 안 되나, 춥네."

웬일로 네가 손을 다 잡느냐는 물음을 들을까 봐 서둘러 꺼낸 말이 어색하게 느껴졌다. 엄마는 의아해하는 대신 무릎에 올려놓았던 두 손으로 불쑥 찾아든 내 손을 소중하게 감싸쥐며 말했다.

"그러게 너 차가운 것 좀 그만 먹으라고 했잖아, 엄마가. 여자한테 차가운 음식이 얼마나 안 좋은데 맨날 얼음을 입에 달고 사니까 그렇지."

핀잔을 주는 목소리에 애정이 묻어났다. 피부를 문질거리며 싸늘한 손을 덥혀주는 손길이 견딜 수 없이 따듯했다. 이렇게 쉬운걸. 이렇게 다정하게 맞닿을 수 있는걸. 그때의 난 왜 몰랐을까. 왜 그렇게 아둔하게 엄마와의 시간이 영원할 거라고 믿었을까.

다시 또 콧날이 시큰해졌다. 눈앞이 매워 헛기침을 토해내는데 걱정스러운 시선이 바싹 수그린 내 목덜미 위로 닿았다. "왜 그래, 괜찮아?" 하고 묻는 말에 일부러 더 크게 고개를 끄덕였다.

"이연희 님, 진료실로 들어오세요."

시간이 더 지체되지 않아 다행이었다. 병원 진료라는 것이 으레 그렇듯 예약 시간을 훌쩍 넘겨 어느덧 3시 25분을 가리키고 있었다. 나는 때마침 호명된 엄마의 이름에 젖은 얼굴을 쓸어내리며, 괜찮으니 어서 들어가자고 엄마를 다그쳤다.

"너도 들어가게?"

"응. 안 돼?"

"아니 안 될 건 없지만, 왜 안 하던 짓을 하고 그래?"

길었던 대기 시간만큼 푹 꺼진 의자를 뒤로한 채 엄마를 따라가려는데, 엄마가 눈을 동그랗게 뜨고 물었다. 당연한 질문이었다. 예전의 나라면 대기실에 앉아 핸드폰으로 시답지 않은 게임이나 하고 있었을 게 분명했지만 지금은 달랐다.

"그냥…… 대기실에서 기다리기 심심해서 그러지."

"그래? 그럼 뭐, 같이 들어가자."

활짝 열려 있는 대기실 문 안쪽으로 엄마를 따라 들어가는 순간, 나는 두 번 다신 하지 않겠다던 기도를 간절히 올렸다. 제발 내 선택이 맞았기를. 지금 여기서, 엄마의 병을 발견할 수 있기를.

인생이란 모순투성이다. 엄마의 죽음을 막기 위해 엄마의 발병을 바라고 있다니, 이처럼 아이러니한 바람이 또 어디 있을까. 나는 혀를 내밀어 마른 입술에 침을 적셨다. 겨울의 건조함과 더불어 잔뜩 긴장한 입술이 금방이라도 찢어져 피가 날 것 같았다.

"이연희 님, 어디가 불편해서 오셨어요?"

진료용 의자에 앉은 엄마를 보며 의사가 말했다. 엄마는 그

동안의 증상에 대해 자세히 설명했다. 그때부터 내 귀엔 아무것도 들리지 않았다. 오직 간절함으로 외치는 내 기도 소리만이, 왼쪽 가슴에서부터 솟아올라 큰북을 때리듯 고막까지 울리는 내 심장 소리만이 내 온몸을, 내 신경을 지배할 뿐이었다.

"얼마 전부터 계속 귀에서 물이 나오고 이명이 들리는데요, 선생님."

엄마는 어렸을 적부터 코와 귀가 약했다고 한다. 그래서 물에 들어가는 걸 극히 싫어했는데, 동생과 내가 중학생이 되어 수상스키를 배우기 시작하면서 엄마는 하지도 못하는 수영을 배우고 우리와 함께 강물에서 어울렸다. 그러고 나면 꼭 콧구멍과 귓구멍에서 노란 진물 같은 것이 흘러내리곤 했다. 그러니까 그때 엄마를 말렸어야 했는데. 왜 싫다는 엄마에게 가족 모두가 달라붙어 처음에만 무섭지 해보면 괜찮다고, 자꾸 해봐야 실력이 는다고 강요했는지 모르겠다.

나는 엄마의 얼굴 속으로 고통스럽게 삼켜지는 검사 기구들을 보며 이를 악물었다. 여기서, 여기서 발견하면 모두 바로 잡을 수 있다고, 스스로를 위로하면서.

"음……."

비행기를 탄 것처럼 먹먹했던 귓가에 소음들이 들이쳤다. 대기실 아이들이 떠드는 소리, 진료실 맞은편 처치실에서 호흡기 치료를 하는 소리, 쇠로 된 검사 기구를 내려놓으며 알 수 없는 신음을 뱉는 의사의 목소리, 그 뒤로 빠르게 들려오는 마우스 클릭 소리와 키보드 타이핑 소리까지.

시간이 늘어진다. 하얀 모니터 위로는 뭐가 뭔지 모를 단어들이 정신없이 기록되는데, 의학적 지식이 없는 내 눈엔 그저 아무렇게나 수놓인 알파벳일 뿐이다. 나는 하얀 가운을 입은 의사의 뒷모습을 넋 놓고 바라보며 머리를 굴렸다. 만약 엄마의 병과 관련한 이상 소견이 없으면 어떻게 하지? 여기서 소견서를 받아야 3차 병원을 예약할 구실이라도 생기는데. 혹시라도 의사가 별일 아니라는 소견을 준다면 3차 병원까지 정밀검사를 받으러 가줄 리가 없는데……. 초조한 마음으로 시계를 보았다. 벌써 3시 45분. 내가 이곳에 머물 수 있는 시간이 두 시간도 채 남지 않았다.

"이연희 님."

마침내 의사가 엄마의 이름을 부른다. 나는 저 목소리의 온도가 하는 말을 익히 알고 있다.

"조금 더 큰 병원에서 정밀검사를 받아보시는 게 좋을 것 같습니다."

"왜요? 혹시 무슨 문제라도 있나요?"

"비인두 쪽에 종양으로 의심되는 종물이 보이는데, 자세한 건 조직검사를 해봐야 알 수 있습니다. 소견서를 써드릴 테니 최대한 빠른 시일 내로 검사를 받아보세요."

그동안 내가 들었던 다른 의사들의 말과는 달리, 훨씬 더 상대를 배려한 어투였다. 하지만 16년의 세월을 돌려 여기까지 왔음에도 엄마의 암은, 여전히 엄마의 몸속에서 자라나고 있다는 사실에 뒷목이 저려왔다. 나는 제발 이상이 발견되게 해달라고 빌던 조금 전의 나 자신을 돌아보았다. 큰 병원에서 정밀 검사를 받아보란 말을 듣게 된다면 기쁠 줄 알았는데……
나는 여전히 지옥에 있었다.

소견서를 받아 집으로 돌아오는 길. 엄마와 나는 아무런 말도 하지 않았다. 원래대로라면 "엄마 병원 예약 언제 할 거야?", "조금 더 큰 병원이면 대학 병원 그런 건가?", "조직 검사는 왜 하는 건데?" 하며 집으로 가는 동안 뜨문뜨문 철없는 질문들을 늘어놨겠지만, 열여덟 살짜리의 몸을 빌린 서른네 살의 나는 의사가 하는 말이 무엇을 뜻하는지 이미 다 알고 있었다.

　"……."

　"……."

　육교를 건너며 엄마는 자연스럽게 나와 멀어져 걸었다. 하지만 이후의 시간들을 지나온 나는 엄마와 이렇게 떨어져 걷는 것이 더 어색했다. 한쪽으로 기울어진 엄마의 몸을 받쳐주고, 엄마가 하는 말들을 귀로 듣는 대신 눈으로 바라보며, 끊임없이 재미있는 이야기를 해주는 것이 더 익숙했다. 나는 소리 없이 침잠된 엄마의 옆모습을 보며 차마 떨어지지 않는 입술을 어항 속 금붕어처럼 벙긋거렸다.

엄마는 지금 무슨 생각을 하고 있을까. 그러고 보니 나는 엄마가 어떻게 병을 알게 되었는지, 싸늘한 진료실에서 의사에게 어떠한 말로 사형선고와도 같은 말을 들었는지 아무것도 모른다. 그저 동네 병원에서 이상 소견을 받았고 큰 병원을 가보니 이런 병이라더라, 하는 말을 아빠에게서 전해 듣고 말았을 뿐이다. 어떻게 그렇게까지 무관심할 수 있었을까. 왜 나는 아무런 의문도 갖지 않고 아무런 질문도 하지 않았을까.

모든 것이 다 내 잘못 같았다. 내가 조금 더 좋은 딸이었다면. 내가 조금만 더 섬세하게 엄마를 위했다면. 어쩌면…….

꼬리에 꼬리를 무는 생각에 머리가 아플 때까지 도리질을 쳤다. 죄책감에 짓눌려 후회를 반복하기 위해 남은 생을 바쳐가며 여기까지 온 게 아님을 다시 한번 상기했다. 그리고 여자가 했던 말을 떠올렸다. 죄책감은 눈덩이 같아 굴리면 굴릴수록 점점 커지고 그럴수록 감당이 안 된다던 말. 나는 참담한 마음을 거두고 내가 할 수 있는, 내가 해야만 하는 일에 집중했다.

"내가 집 가서 인터넷으로 병원 전화번호 찾아볼게."

"네가?"

"응."

"너 조금 더 큰 병원이 어디인 줄 알아?"

"3차 병원 말하는 거잖아. 나도 다 알아."

"네가 그걸 어떻게 알아?"

"의학 드라마 보면 거기 다 나와. 그리고 요즘엔 인터넷에 없는 게 없어. 근데 엄마 오늘 되게 춥다. 그냥 차 타고 올걸. 우리 오늘 저녁은 뭐 먹을 거야?"

시간은 멈추지 않고 계속해서 흐른다. 벌써 4시 15분. 병원은 사람의 시간과 기력을 동시에 빨아먹는 기이한 공간이다. 앞으로 내게 남은 시간은 고작해야 1시간 15분. 나는 엄마의 생각이 나처럼 깊어지지 않도록 애써 밝은 목소리를 내며 옆으로 찰싹 달라붙었다. 그저 멀어져 있던 거리를 좁혔을 뿐인데도 엄마의 몸에서 느껴지는 온기에 온몸이 따스해졌다.

그냥 이대로 여기 머물 수는 없는 걸까. 한시도 가만히 있지 않고 앞으로 치고 나가는 시계 초침을 바라보며, 결국 나는 내가 할 수 있는 일이 고작 병원 예약밖에 없다는 사실에 무력해진다. 내가 할 수 있는 최선은 병이 초기에 발견될 수 있도록 엄마가 미루지 않고 병원을 다녀오게 하는 일뿐이라는 걸 진작 알고 있었지만, 모두가 심각하기만 한 대형 병원 진료실에서 암이라는 무서운 진단명을 어쩌면 엄마 혼자 듣게 할 수도 있다는 생각에 눈앞이 캄캄해진다. 나는 마음속으로 이곳에서 해야 할 일 목록에 '아빠와 전화하기'를 추가한다. 엄마가 아빠에게 그리해 주듯 아빠도 엄마 병원에 꼭 같이 가달라고.

"엄마."

"왜?"

몇 초 차이로 놓쳐버린 엘리베이터의 숫자가 2에서 3으로 바뀌는 것을 보며 엄마를 불렀다. 태연한 척하고 있지만 속으론 그렇지 않은 듯 양손을 깊숙이 찔러넣은 엄마의 패딩 주머니 안에서 종이 구겨지는 소리가 들렸다. 나는 왼손잡이인 엄마의 왼편으로 서서 엄마의 패딩 주머니 안으로 손을 집어넣었다. 소견서를 구깃구깃하게 쥔 듯 주먹을 말고 있는 손이 만져진다. 나는 병원에서 그랬던 것처럼 날씨를 핑계 삼아 엄마의 손을 마주 잡는다. 그리고 말한다.

"괜찮아. 아무 일도 없을 거야. 걱정하지 마. 별일 아닐 거야."

최대한 빠른 날짜로 병원 예약을 잡고, 이제는 제법 낯설어진 폴더폰을 열어 아빠에게 전화를 걸려고 하는 순간…… 망설여졌다.

유난히도 어두웠던 가을밤, 처음으로 아빠가 엄마의 병에 대해 말을 꺼냈을 때, 아빠도 이런 심정이었을까. 엄마가 암이라고 확정된 것도 아닌, 그저 그럴지도 모른다는 가정하에 전하는 소식에도 통화 버튼을 누르는 일이 어렵기만 하다. 뭐라고 서두를 시작해야 할까. 이제는 완전하게 뒤바뀌어 버린 나와 아빠의 역할 속에서 나는 어떤 말로 아빠에게 이 불행을 전할 수 있을까.

괜스레 오디오를 만지작거린다. 전원을 켜면 버튼마다 파란색 불이 들어오는 이 오디오를 나는 좋아했다. 생각해 보니 아빠가 내게 처음 엄마의 투병 소식을 알리던 그 밤의 차 안도 이렇게 파란 불빛에 젖어 있었다. 빗물에 굴절된 듯 너울거리며 흔들리던 계기판 속 불빛과 침착함을 유지하려 애쓰던 아빠의 목소리. 사실 그때 아빠는 전혀 괜찮지 않았을지도 모른다. 비겁한 내가 그렇게 생각하고 싶었을 뿐. 제멋대로 왜곡되어 버린 내 기억과 다르게 아빠는 무표정하지도, 냉정하지도 않았을 게 분명했다.

그 시절의 나는 아직 미성년이라는 내 나이를 방패 삼아 아빠의 두 어깨에 모든 짐을 지우고 도망쳤을 뿐. 어른이라고 모든 것이 다 의연한 것은 아니다. 오히려 어른이기 때문에 더 무서웠을 것임을 이제 나는 안다.

이번엔 내가 용기를 낼 차례였다. 통화 버튼을 꾸욱 누르고, 신호음이 가는 것을 초조하게 기다리고, 수화기 너머에서 아빠의 목소리가 들려올 때까지 애꿎은 오디오 리모컨을 괴롭힌다. 손목에 채워진 시간은 자꾸만 빨리 흘러가는데, 신호음은 마치 시간이 멈추기라도 한 것처럼 길게 이어진다. 심박수가 오른다. 닫혀 있는 방문 밖 부엌에서는 엄마가 저녁 준비를 하는 소리가 한창이다. 아, 맞아. 시간을 과거로 되돌릴 수 있으면, 엄마가 해준 밥을 꼭 먹고 싶었는데.

4시 43분. 5시 30분이면 이곳을 떠나야 하는 나는 엄마가 해준 밥을 먹을 수가 없다.

"여보세요. 아빠? 나야. 오늘 엄마가……."

엄마는 전기밥솥 대신 압력밥솥을 이용해 밥을 지었다. 철컥, 압력밥솥의 뚜껑을 비틀어 닫는 소리가 좁은 문틈을 비집고 들어왔다. 그와 동시에 오른쪽 뺨에 붙이고 있던 핸드폰 너머로 아빠의 목소리가 들렸다. 나는 미리 준비되어 있는 대본을 가지고 연기하는 배우처럼 머릿속에서 수없이 되풀이하며 연습했던 말을 줄줄이 꺼내놓았다. 아빠는 잠시간 침묵했다. 그리고 늘 그랬듯 이렇게 말했다.

"아빠가 알아서 할 테니까, 지원이 넌 아무 걱정 하지 마."

"알겠어. 아빠만 믿을게. 엄마랑 병원 꼭 같이 가줘."

서른네 살의 나는 입버릇처럼 아빠에게 말했다. "아빠. 나 이제 어린애 아니야. 그러니까 무슨 문제 있으면 나랑 지후한테 상의도 좀 하고 그래." 다 큰 나와 동생을 아직도 어린애 다루 듯 하는 아빠를 이해할 수 없어 언성을 높여가며 서로 상처가 되는 말을 주고받았던 날들이 손에 꼽을 수도 없이 많았다. 하지만 나는 여전히 아빠 그늘 아래 숨고 싶은 철부지에 불과했다. 아빠가 알아서 하겠다는 그 말이, 아무 걱정 하지 말라는 그 말이, 진정제처럼 내 속을 어루만져 주었다.

나는 전화를 끊고 방을 나서며 거실 한편에 놓인 가족사진을 바라보았다. 내가 초등학교 때 제주도에서 찍은 사진이었다. 동생과 내가 성인이 되며 저건 너무 오래됐다고, 가족사진을 다시 찍었으면 좋겠다고, 하는 일에 문제가 생겨 멀리 떨어져 살아야 했던 아빠가 돌아온다면 그때 꼭 새로운 가족사진을 찍자고, 그렇게 약속했었는데. 나는, 아니 우리는 그 약속을 지키지 못해, 결국 1997년에 찍은 저 사진이 마지막 가족사진이 되어버렸다.

"엄마, 뭐 해?"

나는 부엌으로 걸어가 엄마의 어깨에 턱을 기대고 서서 물었다. 엄마는 바쁜 손놀림과는 달리 예의 무신경한 목소리로 내게 말했다.

"뭐 하긴. 저녁 준비하지."

그러고 보니 나의 무뚝뚝함은 엄마를 닮았다.

"왜? 뭐 먹고 싶은 거 있어?"

그 이면에 숨겨진 약하고 부드러운 마음도.

"아니. 난 아무거나 다 좋아. 엄마가 해준 거면."

"애가 안 하던 소리를 자꾸 하네, 오늘따라."

"엄마 있잖아……."

"있긴 맨날 뭐가 있어."

"우리 저 가족사진 너무 오래되지 않았어?"

"가족사진? 가족사진이 왜?"

"벌써 10년이나 된 거잖아. 엄마랑 나랑은 교정해서 얼굴도 완전 많이 바뀌었는데."

"글쎄? 엄만 잘 모르겠는데. 별로 그렇게 차이도 읍써."

"그래도. 그래도 다시 찍자, 우리."

"그래, 뭐어. 너랑 지후랑 둘 다 고등학생이니까. 새로 찍긴 찍어야지."

차카차카차카차카. 압력밥솥의 추가 요란한 소리를 내며 흔들린다. 가스레인지 위에서 모락모락 김이 피어오르며 맛있는

밥 냄새가 난다. 나는 앞치마를 한 엄마의 허리에 팔을 두른
다. 코끝에서 밥 냄새가 섞인 엄마의 체취가 느껴진다. 이제는
기억에서 지워진, 흔적도 없이 사라져 버린 바로 그 냄새가.

처음 기억서점에 존재하는 수많은 책들이 문자로 기록된 나
의 모든 기억이라는 것을 알았을 때, 난 이보다 더 완벽한 보
관법은 없을 거라고 생각했다. 하지만 아니었다. 책은 향기를
담아내지 못한다. 책은 촉감을, 체온을 담아내지 못한다. 나는
엄마의 목덜미에 얼굴을 묻고 크게 숨을 들이마신다. 시계를
보지 않아도 알 수 있다. 이제 곧 떠날 시간이라는 것을.

"엄마."

"심심해? 왜 또 불러."

나는 한번 더 그 이름을 입에 담는다. 엄마. 엄마. 엄마. 그리
고 여자가 했던 말을 기억한다.

평소와 다른, 그 시기의 지원 씨가 하지 않을 법한 행동을
하게 된다면 마주하고 있는 상대에게 그 이유를 설명하기
위해 꽤 많은 시간을 허비하게 될 거예요. 기억하죠? 주어
진 시간은 단 세 시간. 시간은 지원 씨를 기다려 주지 않는
다는 걸 명심해요.

나에게 주어진 시간은 모두 끝이 났다. 그러니 괜찮겠지. 평소에는 전혀 하지 않았던, 꽤 많은 시간을 허비하며 설명하게 될 그런 말을 해도.

나는 서른네 살의 내가 떠나고 남겨질 열여덟 살의 김지원에게 그 변명을 부탁한다. 내가 빌려 쓴 세 시간이 너는 기억나지 않겠지만 그래도. 나는 꼭 하고 싶은 말을 했으니, 갑자기 왜 이러냐며 이상한 표정으로 물을 엄마는 네가 설득하라고.

"엄마."

"아휴, 증말 얘가 왜 이래?"

마침내 귀찮아진 듯 엄마가 내 품에서 벗어나 나를 돌아본다. 나는 서서히 내가 사라지는 것을 느끼며 엄마에게 말한다.

"내가, 아주 많이 사랑해."

내리막길

돌아오는 길은 멀지 않았다. 잠깐 눈을 감았다 떠보니, 마치 꿈이었던 것처럼 아주 간단하게 환상에서 깨어났다. 어느 순간 나는 여러 권의 책으로 어지럽혀진 열람실에 앉아 있었다.

　손끝에서 사라진 온기에 현실이 실감났다. 주변을 돌아보니 변한 건 아무것도 없었고. 필요한 순간이면 늘 어김없이 눈앞에 나타나던 여자도 같은 공간에 존재하지 않았다. 핏기가 빠져나간 내 심장엔 소름 끼치는 고요만이 가득했다. 백색소음처럼 공기 중에 머물러 있던 레코드 소리도 어느새 멈춘 뒤였다. 나는 독한 약에 취한 듯 얼떨떨한 기분에 넋을 놓고 있었다.

건강한 사람처럼 혈색이 돌던 엄마의 얼굴, 사무치게 그리웠던 목소리, 장난기 어린 말투, 자그마한 몸과 따뜻하게 피어올랐던 체온 같은 것들이 아직도 기억 속에 선명했다. 하지만 손을 뻗어 만질 것은 없었다. 이곳엔 철저하게 나 혼자 남았다.

무엇을 먼저 해야 하지. 그 물음에 닿기까지 한참의 시간이 걸렸다. 나는 남아 있는 나의 생을 바쳐 과거로 돌아갔다. 떠난 데에는 분명한 이유가 있었다. 바꾸고 싶은 것이 있었기 때문이었다. 그제야 나는 가스불을 켜놓고 외출한 사람처럼 자리에서 벌떡 일어나 널브러져 있는 책들을 뒤적였다. 어떤 날의 기억을 펼쳐보면 알 수 있을까. 마침내 쓸모 있는 생각으로 돌아가기 시작한 머리가 허공을 휘젓고 있던 손과 눈을 빠르게 재촉했다.

그래. 그날이다. 그날만큼 확실한 증명은 없다. 나는 내가 가진 못난 후회와 죄책감으로 엉망이 된 책을 집어 들었다. 책등에 쓰여 있는 날짜는 2016년 2월 28일. 내가 과거로 되돌아가기 전 기록된 엄마의 기일이었다.

묵묵하게 닫혀 있는 책표지를 한참 노려보았다. 책은 여전히 누군가에게 짓밟히기라도 한 듯 무참한 상태였다. 하지만 같은 내용이 들어 있을 거라고 단언할 수는 없었다. 나는 엄마의 죽음을 막기 위해 과거로 돌아갔고, 기적을 일으킬 만큼 충분한 여지를 그 시간 속에 남겨두었다. 그러니까, 달라질 수 있었다. 미래는, 현재는, 또 과거는 충분히 바뀔 수 있었다. 나는 다급한 몸짓으로 책을 펼쳐 들었다.

"……."

반으로 배를 갈라 열어본 책장에 말문이 막혔다. 여러 번 물에 담갔다가 꺼내어 다시 말린 것처럼 보잘것없는 책 속엔 익숙한 그림이 그려져 있었다. 동생…… 지후의 뒷모습이었다.

이게 어떻게 된 거지……? 달라진 것이 없었다. 바뀐 것이 없었다. 기분 나쁜 두근거림이 명치끝에서 발작을 일으켰다. 달라질 수 있다며. 바뀔 수 있다며. 모든 것은 거짓말처럼 너무도 생생하게 그대로였다.

"뭔가…… 잘못됐어. 뭔가 잘못된 게 분명해. 이게 진짜일 리 없어."

그 순간 내게 밀려든 건 실망감이 아닌 두려움이었다. 스스로에게 주문을 걸듯 이건 아니라고, 뭔가 착오가 있었던 거라고 초점 없는 눈으로 중얼중얼 되뇌어 봐도 내 손에 쥐어진 책이 갑자기 모습을 바꾸는 마법 같은 일은 벌어지지 않았다.

아, 그래. 이건 바뀌기 전의 기억일 거야. 바뀐 후의 기억을 보관하는 장소가 있는 게 분명해. 거기까지 생각이 미치자 힘없이 풀어져 있던 두 다리가 땅을 딛고 일어나 휘적휘적 걸음을 옮기기 시작했다. 그때까지만 해도 내겐 엄마의 이름과 생일, 그리고 기일을 담은 문신이 여전히 내 팔에 남아 있다는 사실 따위는 안중에도 없었다.

미로같이 엉켜 있지는 않아도 이곳의 공간은 무한했다. 나는 점점 더 서점의 깊숙한 곳으로 들어가며 마치 신기루처럼 자취를 감춰버린 여자를 찾아 헤맸다. 드넓은 공간과 감히 손이 닿지 않을 만큼 드높은 천고, 사방을 꽉 채운 책들 사이, 나는 풍랑에 휩쓸린 작은 돛단배처럼 내 의지와 전혀 상관없이, 등 떠밀려 앞으로 나아갔다. 나는 끝없는 공포에 잠식돼 내가 있는 곳이 어디인지도 모르고 몇 번씩 같은 자리를 맴돌았다.

서점은 그런 내가 답답했는지 마침내 여자가 있는 공간으로 나를 이끌었다. 도착한 곳은 결벽증이라도 있는 것처럼 반듯하게 정렬되어 있는 책장 모퉁이 뒤쪽으로 나타난, 무질서하고도 혼잡한, 말 그대로 거대한 책 무덤처럼 보이는 곳이었다.

"아, 왔어요? 잠시만요. 금방 나갈게요."

앞이 보이지 않을 만큼 무수히 쌓여 있는 책들 사이로 여자의 목소리가 들려왔다. 나는 양쪽 벽은 물론 아치형으로 된 천장까지 기이한 모양새로 이어진 책장과 그 속에 꽂혀 있는 불규칙한 모형의 책들을 천천히 바라보았다. 이곳은 혼란스러운 내 마음을 그대로 토해낸 것과 같은 공간이었다. 나는 완벽하게 정리된 공간보다 모든 것이 뒤섞인 이곳에서 오히려 안정을 느꼈다. 나 혼자만 멍청하고 나 혼자만 망가진 게 아닌 것 같다는 정체 모를 동질감이 텅 빈 가슴속을 가득 채웠다.

크기도 두께도 제멋대로인 책들이 탑처럼 쌓여 있었다. 나는 보이지 않는 여자의 목소리를 따라 책 틈 사이를 아슬아슬하게 지나갔다. 안쪽에는 무슨 이유로 만들었는지 모를 나선형 계단까지 우뚝 솟아 있었다. 나는 금방이라도 울음이 터질 것 같은 목소리를 짓누르며 여자가 모습을 드러내기만을 기다렸다.

"평소엔 그냥 자유롭게 두는 공간인데, 혹시 지원 씨한테 필요한 게 있을까 싶어 정리 중이었어요. 그런데 이거 시간이 꽤 오래 걸리네요. 보다시피 책이 워낙 많아서. 첫 번째 여행은 어땠어요? 원하던 걸 손에 넣었나요?"

책 더미 뒤에서 나타난 여자는 대체 얼마나 많은 먼지를 뒤집어쓴 건지 검은 재킷이 회색으로 보일 지경이었다. 나는 아무 일도 일어나지 않은 듯 태연하기 그지없는 여자의 얼굴에 거칠게 펄떡이기 시작한 심장의 박동을 느꼈다.

"뭔가…… 일이 잘못됐어요."

"뭐가 잘못됐다는 거죠?"

"여기…… 이거. 달라지지 않았어요. 아무것도…… 달라진 게 없다고요."

헛손질을 하듯 바닥으로 툭 떨어뜨린 것은 엄마의 마지막 모습이 담긴 책이었다.

"어…… 그러니까, 이건 바뀌기 이전의 기억인 거고. 내가 바꾼, 그러니까 내가 과거로 돌아가서 바꿨던 일들은 다른 곳에 기록되어 있는 거죠? 그래, 이건 내가 여행한 날짜의 기록이 아니니까. 그 기록은 분명 다른 곳에 있을 거고…… 그로 인해 바뀐 결과도 다른 곳에 보관되어 있을 거예요. 어디예요? 어디 있어요? 보여줘요. 달라진 기억을 찾아주세요. 뭐가 어떻게 바뀌었는지 알고 싶어요. 아, 찾아줄 수 없다면 알려줘요. 내가 가서 찾아올게요."

차마 정리할 수 없었던 말들이 두서없이 쏟아졌다. 나조차도 내가 무슨 말을 하고 있는지 몰랐다. 다만 아무런 표정 변화 없이 뚫어지게 나를 쳐다보고 있는 여자의 시선만으로도 내가 겁을 집어먹기엔 충분했다.

"다른 건, 없어요."

"……."

"그 기록은 잘못되지 않았어요. 지원 씨 어머님은 그날 돌아가셨어요."

왜지……? 왜, 아무것도 달라진 게 없지? 이해할 수 없었다. 이해하지 못했다. 아니, 여자가 하는 말을 이해하기 싫었다.

"달라질 수 있다고…… 했잖아요. 과거를 바꾸면 죽은 사람도 살릴 수 있다고……. 거짓말이었나요? 난, 난 진짜 당신 말대로, 당신이 시키는 대로 과거를 바꾸기 위해 최선을 다해 노력했는데 달라진 건…… 아무것도 없다고요……? 하…… 당신이 나한테 보여준 그 과거가 정말 현실이 맞긴 한 건가요? 내가 원한 건 단 하나뿐이었어요. 엄마를 되찾는 것. 엄마를 다시…… 살리는 것. 그런데 당신을 믿은 대가가, 겨우 얻은 희망의 대가가 고작…… 이런 건가요?"

눈물이 흘러넘쳤다. 서럽고 억울한 감정들이 식도를 타고 올라와 목구멍에서 콱 막혀버린 기분이었다. 나는 부르르 몸을 떨었다. 이 이상하고 기분 나쁜 서점의 주인인 여자를 완전하게 믿은 것은 아니지만, 적어도 과거로 돌아가 살아 있는 엄마를 마주한 순간엔 모든 게 진짜처럼 느껴져 맹신할 수밖에 없었다. 그래서 정말 오랜만에 희망이라는 것을 믿게 되었다. 기적이 일어나길 바랐다. 그런데 아무 일도 일어나지 않았다. 여자가 한 말은 모두 헛소리였다. 그럴싸한 얼굴로 그럴듯한 말을 지어내 날 조롱한 것이었다. 사람들의 간절함을 이용해 등을 쳐먹는 사이비 종교나 보이스피싱 같은 것처럼 여자는 내

143

가 가진 간절함을 이용해 티끌만큼 남은 나의 희망과 기대를 모두 부숴버렸다. 나는 절대 여자를 용서할 수 없었다.

"우선 몇 가지 짚고 넘어가자면—"

"……."

"난 지원 씨에게 과거를 바꾸라고 말한 적 없어요. 물론 시킨 적도, 강요한 적도 없죠."

"……."

"난 지원 씨에게 거래를 제안했을 뿐. 그 거래를 받아들인 것도, 그 많은 시간 중 굳이 후회로 남은 시간으로 돌아가 그걸 바꾸기 위해 노력한 것도 모두 지원 씨 선택이었어요."

여자는 처음 만났던 순간처럼 옷에 묻은 먼지를 툭툭 털어내며 내 앞으로 다가와 정제된 말투로 말했다. 똑바로 눈을 마주한 채 건네는 여자의 말에 목소리가 나오질 않았다. 조금 전까지만 해도 여자에게 따져 물을 말이 차고 넘치게 많았는데, 입으로 후, 불어 넘긴 연기처럼 흔적도 없이 사라져버렸다. 여자는 어느새 말끔해진 재킷의 소매를 정돈하며 말을 이어나갔다.

"한 가지 위로의 말을 전하자면, 타이밍은 완벽했어요. 그보다 먼 과거로 돌아갔으면 그 병은 발견되지 않았을 테고, 병원을 예약해 볼 기회조차 없었을 거예요."

"그런데 왜, 대체 왜 아무것도 바뀌지 않은 거예요? 난 분명 옳은 일을 했는데. 난 분명 맞는 일을 했는데…… 대체 왜…… 당신은, 당신은 처음부터 이렇게 될 거라는 걸 알고 있었죠? 알고 있었는데도 나한테 말하지 않은 거잖아!!!"

타이밍은 완벽했다니. 정말로…… 엄마의 죽음을 막을 수 있었다니. 여자의 말이 비수가 되어 꽂혔다. 갈기갈기 찢어진 가슴이 소금이라도 뿌린 듯 쓰리고 아팠다. 나는 뻔뻔하기 그지없는 여자의 얼굴을 향해 소리질렀다. 하지만 사방을 꽉 채운 책들 사이로 나의 고함은 불꽃처럼 멀고 높게 쏘아졌다가 산산이 조각나 한 줌의 재가 되어 날렸다. 나는 마지막 발악이라도 하듯 여자에게서 등을 돌리고 욕을 하며 탑처럼 쌓인 책들을 무너뜨렸다. 사납게 내리는 겨울비를 견디지 못하는 낙엽처럼 우수수 쏟아져 내린 책들이 내 손등과 얼굴을 할퀴며 여기저기로 나동그라졌다.

시야가 뿌옇게 흐려졌다. 감정을 이기지 못하고 고삐가 풀린 말처럼 날뛰는 나를 여자는 애써 말리지 않았다. 나는 바닥에 수북이 쌓인 책들을 지르밟고 앞으로 나아가며 여자에게 물었다. 누구라도 원망하지 않으면 지금 이 순간을 견디지 못할 것 같았다. 여자는 한 치의 흐트러짐도 없는 자세를 유지하며 내게 말했다.

"사람의 행동엔 수없이 많은 경우의 수가 존재하고, 나는 그

걸 변수라고 불러요. 지원 씨가 나와의 거래를 선택한 것처럼, 수많은 시간 중 그 시간을 선택한 것처럼, 어머님도 다른 선택을 한 것뿐이에요."

나를 바라보는 여자의 눈동자에 번개가 내리쳤다. 순간적으로 일어난 섬광에 정신이 흐릿해졌다. 나는 고개를 저으며 휘청거리는 몸에 균형을 잡았다. 바닥이 올라오고 지붕이 가라앉는 착각 속에 여자의 목소리가 천둥처럼 선명하게 들려왔다.

"지원 씨가 알고 있던 것보다 훨씬 더 이전부터 아버님의 사업은 흔들리기 시작했어요. 그래서 그 시기에 지원 씨 어머님은 집이 경매로 넘어가는 걸 어떻게든 막아야 했고, 운동선수인 동생의 시합도 따라다녀야 했죠. 물론 고등학교 2학년이었던 지원 씨의 진로 상담도 빼놓을 수 없었어요. 그 모든 것에 가족의 미래가 달려 있었으니 병원이 문제가 아니었죠. 결과는, 그런 식으로 만들어진 거예요."

숨이 막혔다. 누군가 내 목에 올가미를 걸어 서서히 고통스럽게 날 죽여가고 있었다. 나는 밧줄을 풀어내듯 아무것도 없는 목덜미에 손을 얹어 단단하게 묶여 있는 매듭을 떨쳐내려 노력했다. 하지만 안쪽으로 힘껏 말아쥔 손가락에는 먼지만이 잡힐 뿐, 허상으로 만들어진 속박에서 결코 벗어날 수 없었다.

"만약…… 조금 전 다녀온 그날보다 딱 하루만 더 시간을 앞으로 되돌린다면요? 그렇게 해서 내가 엄마에게 그날 꼭 병원에 가겠다는 약속을 받아내면…… 엄마는 엄마의 병도 제때 발견할 수 있고, 치료도…… 아니. 아니야. 그날 당장 엄마와 더 큰 병원을 찾아가면……!!!"

절박했다. 울음이 목을 막아도 어떻게든 해야 할 말을 억지로 밀어올려 피를 토하듯 뱉어내야 할 만큼. 지금의 나는 그게 무엇이라도, 엄마를 살릴 수 있다면 그게 어떤 방법이든 상관없이 그저 간절한 마음뿐이었다. 여자는 그런 나를 무표정하게 바라보다가 감정을 알 수 없는 목소리로 말했다.

"좋아요. 만약 지원 씨의 말대로 엄마가 병을 더 일찍 발견하게 됐다는 가정을 해보죠. 그런다고 그 후에 일어날 일들까지 모두 달라질 수 있을까요?"

"……그 후에 일어날 일들?"

"아빠의 사업과 동생의 선수 생활, 그리고 1년 뒤 지원 씨가 수험생이 된다는 사실까지 전부. 그 시간 속에 발생하는 모든 사건들을 지원 씨가 바꿀 수는 없어요."

절망은 이제 끝이라고 생각했는데. 나도, 어쩌면 다시 행복해질 수 있을지도 모른다는 생각에 들떴었는데. 대체 내가 뭘 그렇게 잘못한 걸까. 대체 뭘 그렇게…….

"그리고 한 가지 더. 지원 씨가 잊고 있는 사실이 있는데—"

초점 잃은 눈이 여자의 목소리를 따라갔다. 아무것도 없이 비어 있던 여자의 손에 어느새 생애 시계가 들려 있었다.

"지금 지원 씨와 나는 과거의 시간과 미래의 시간을 교환하며 거래를 하고 있어요. 지원 씨에게 주어진 건 무한한 것이 아니에요. 선택은 지원 씨의 자유지만, 남은 수명이 있어야 이 여행도 지속될 수 있다는 걸 명심해요."

일순간 말을 잃었다. 내게 남은 시간은 무한이 아니라는 여자의 일침에 고장난 기계처럼 사고회로가 멈추었다. 여자는 그런 나를 보며 시계를 들고 있던 손을 주머니에 넣었다. 생애 시계는 중력의 영향을 전혀 받지 않는 것처럼 공중으로 떠올라 높은 책장 위로 날아갔다. 나는 다음 순간 이어진 여자의 말을 듣고, 곧바로 울음을 터트렸다.

"엄마의 선택은 엄마의 것이에요. 그러니까 지원 씨는 본인의 선택으로 달라질 수 있는 일을 찾아요."

가혹하고. 잔인하다. 한 가지 목표만 보고 달리는 경주마처럼 좁았던 시야가 결국 이런 결과를 만들었다. 세상을 잃은 듯 망연한 마음에 첫 번째 과거로 돌아가기 위해 준비했던 지난 시간을 되돌아보았다. 완벽하다고, 이거면 될 거라고 믿었던 우매하고 단순한 지난날의 나를. 나는 나를 위한 선택을 했다. 그게 엄마를 위한 것이라 굳게 믿었다. 머릿속에서 수없이 많은 장면들을 돌려 보며 계획대로만 된다면 반드시 엄마의 인생을 되찾을 수 있음을 믿어 의심치 않았다. 하지만 엄마의 선택은 아니었다. 엄마의 선택은, 엄마의 인생은, 오로지 가족을 위해 희생하는 일뿐이었다.

아빠와 떨어져 지내며 점점 비탈길을 타고 내려가던 엄마의 상태를 무력하게 지켜보던 어느 날을 기억한다. 엄마는 내게 그저 버티는 것이라고 말했다. 사람이 숨을 쉬며 사는 것만이 진짜 사는 것은 아니라며 아빠가 돌아와, 나와 지후가 기댈 곳이 생기기만을 엄마는 그저 기다리는 중이라고. 그거면 정말 후련하게 미련 없이 떠날 수 있을 것 같다고 엄마는 내게 말했다. 이렇게 망가진 몸으로 사는 건 너희에게 짐이 될 뿐이니, 이제 좀 편해지고 싶다고 말하던 엄마의 모습을 기억한다. 나는 덤덤하게 이어나가던 엄마의 그 목소리에서 두려움을 읽었다. 사실은 죽고 싶지 않다고, 너희 곁을 떠나고 싶지 않다고, 너희가 자라는 모습을 앞으로도 계속 지켜보고 싶다고……

엄마에게서 거짓된 고백 같은 그 말을 들었던 밤, 나는 불 꺼진 자취방에서 이불에 얼굴을 묻고 밤새도록 울었다. 우는 것을 별로 좋아하지 않는 성격은 역시나 엄마를 닮았다. 아빠는 거실 소파에서 드라마를 보다가도 곧잘 울곤 했다. 남동생인 지후도 마찬가지였다. 하지만 엄마와 나는 남들 앞에서 우는 건 자존심이 상하고, 혼자 있을 때 우는 건 울고 난 뒤에 눈두덩이에 남는 열기와 코끝을 맴도는 시큰함 때문에 싫다는 이야기를 나누곤 했다. 하지만 이제 와 생각해 보니 그런 미련

함이 숨어 있던 크고 작은 병을 키워 엄마와 나를 집어삼킨 것만 같다. 이상하게도 눈물이 참아지지 않는 이 공간에서 나는 엉망이 된 바닥에 주저앉아 묵묵히 고개를 숙이고 울었다.

이제 내가 뭘 할 수 있을까.

만약 지원 씨의 말대로 엄마가 병을 더 일찍 발견하게 됐다는 가정을 해보죠. 그런다고 그 후에 일어날 일들까지 모두 달라질 수 있을까요?

내 힘으로는 절대 바꿀 수 없는 것들이 있다.

엄마의 선택은 엄마의 것이에요.

엄마의 선택은 엄마의 몫이다. 그러므로 내가 그것을 바꿀 수는 없다. 나는 차가운 바닥 위로 뜨거운 눈물이 한 방울씩 떨어질 때마다 화살촉처럼 날카롭게 박힌 여자의 말들을 하나씩 뽑아냈다.

지원 씨가 나와의 거래를 선택한 것처럼, 수많은 시간 중 그 시간을 선택한 것처럼, 어머님도 다른 선택을 한 것뿐이에요.

엄마는 가족을 위해 자신을 희생하는 선택을 했다.

그 시간 속에 발생하는 모든 사건들을 지원 씨가 바꿀 수는 없어요.

엄마의 선택은 내가 바꿀 수 없다. 그러니까 나는 결국……엄마를 살릴 수 없다.

겹겹이 쌓아 올린 것 중 어떤 것이 처음 시작인지 알 수 없는 돌림노래처럼 내가 뽑아낸 여자의 말이 웅웅거리는 소리와 함께 내 주위를 끝없이 맴돌았다. 나는 내 손이 닿을 수 없는 높은 곳에 올려진 생애 시계를 노려보았다. 여자는 그 속에 들어 있는 것이 내게 남은 수명이라 말했지만, 여전히 내 눈엔 아무것도 보이지 않는다. 지금 이 순간 나는 세상에서 가장 무력하고 쓸모없는 존재가 되어버린다.

"아무래도 주변이 어지럽다 보니 정신이 좀 없죠? 집중력도 떨어지고. 맞아요. 여기서 무언가 중요한 결정을 내리는 건 바람직하지 않을 수도 있어요. 하지만 조금 더 침착하게 주위를 둘러보면 정돈된 공간보다 오히려 도움이 될 수도 있을 거예요. 여기 있는 책들은 생각의 조각들이거든요."

혼자만의 방에 갇힌 듯 골몰해 있던 내 귓가로 여자의 목소리가 떨어졌다. 소리의 근원지를 찾아 고개를 들었다. 여자는 나선형 계단 꼭대기에서 내 쪽을 내려다보고 있었다. 그리고 그 순간, 여자의 목소리가 신호라도 된 듯 벽에 붙어 있던 책장이 계단 앞으로 부드럽게 밀려왔다. 여자는 그곳에서 이것저것 책을 꺼내 들고는 흥미롭다는 듯 그것을 읽기 시작했다.

"역시 글 쓰는 사람이라 그런가? 재미있는 생각들이 많네요. 여기저기 좋은 소재들도 많이 있는 것 같고. 그런데 이것들은 왜 안 썼어요? 다중인격을 가진 살인자의 이야기, 사이코패스 성향을 가진 두 친구의 이야기, 여자가 글을 쓰는 것이 관대하지 않았던 시절의 여성 작가 이야기."

한결같이 여유로운 표정의 여자는 자칫 잘못하면 금방이라도 발을 헛디딜 것만 같은 계단을 긴 다리로 성큼성큼 내려왔다. 나는 이윽고 여자가 내 앞에 늘어놓은 얇은 책자들을 말없이 바라보기만 했다.

"알아듣기 쉽게 설명을 덧붙이자면, 여기는 버려진 생각의 조각들이 모이는 곳이에요."

"버려진 생각의 조각들……?"

"살다 보면 누구나 그런 경험을 하잖아요? 무언가 하려고 했는데 순식간에 머리에서 잊혀 '어라? 내가 지금 뭘 하려고 했더라?' 하며 어리둥절한 표정으로 멈칫하는 순간. 그게 아니라면 어떤 좋은 아이디어가 떠오르더라도 '아, 이건 아니야' 하며 고개 젓게 만드는 순간. 또 뭐가 있을까…… 그래, 수많은 선택의 갈림길에서 선택받지 못하고 버려지는 기억들. 그런 것들이 여기 모여 있는 거예요. 지원 씨는 유독 그런 생각들이 많은 사람이고요."

그렇게 말하며 여자가 지나는 길목마다 아무렇게나 널브러져 있던 책들이 높게 쌓이고 새로운 길이 생겼다. 여자의 목소리를 따라 튀어나와 있던 책장이 다시 뒤로 물러가고, 오른쪽으로 입구가 트여 있던 계단이 반 바퀴를 돌아 왼쪽으로 방향을 바꾸었다. 여자는 그런 물건들이 익숙한 듯 묵묵히 자신이 해야 하는 일을 해나갔다. 그러다 문득 무언가 생각난 듯 몸을 반쯤 돌려 내게 말했다.

"아! 정정할게요. 지원 씨는 버려지는 생각이 많은 사람이 아니라, 그냥 생각이 많은 사람이에요. 유독 그런 사람이 있어요. 그래서 이 서점이 지원 씨에게는 보관해야 하는 기억이 많은 만큼 가늠할 수 없이 넓게 느껴지는 거죠."

나는 빠르게 앞서가는 여자의 의중을 알아내지 못한 채 얇은 책들이 꽂힌 책장을 뒤적였다. 과연 여자가 말한 것처럼 아주 오래전 내 머릿속을 스쳐지나갔던 소재들이 손으로 대충 휘갈겨 쓴 것처럼 남아 있었다.

"그 생각들이 머무는 순간은 아주 짧기 때문에 타이핑한 듯 반듯한 글씨체로 쓰이지 않아요. 그래도 지원 씨는 악필이 아니라 다행이네요. 가끔 무슨 암호를 해독해야 하는 것처럼 어렵게 읽어내야 하는 책들도 있거든요."

조금 전 있었던 다툼이, 아니, 나의 일방적인 발악에 가까운 항의에도 여자는 전혀 화를 내지 않았다. 오히려 묵언수행하듯 입을 꾹 다문 나를 대신해 미리 준비라도 한 것처럼 평온한 목소리로 설명을 이어갔다. 나는 그런 여자의 배려가 무색하게 책을 아무렇게나 내팽개치며 자리에서 일어나 물었다.

"이것들이 다 무슨 소용인데요."

여자는 오랜 침묵을 깨고 나온 나의 질문이 반가운 듯, 하던 일을 멈추고 나를 보며 미소 지었다.

"버려지는 기억들 모두가 버려져도 괜찮은 기억은 아니에요. 물론 지원 씨의 선택으로 인해 맺어진 결과겠지만, 어쩌면 정말 다시 돌아가고 싶은 순간이 여기에 숨어 있을지도 모르죠. 보물처럼."

"……."

"지원 씨에겐 아직 두 번의 기회가 남아 있다는 걸 잊지 말아요."

여자가 던진 말은 내가 원한 대답이 아니었다. 오히려 무겁고 혼란스러운 머리 위로 의문만 가중시킨 수수께끼 같았다. 나는 다시 한번 일어난 현기증에 이마를 짚었다. 잠깐 눈을 감 았다가 뜨니 여자는 켜켜이 쌓인 책들 사이로 이미 사라져 버 린 뒤였다.

"하…… 뭘 어쩌라는 거야."

그대로 자리에 주저앉았다. 뜻대로 되는 일이 없어 막다른 골목에 부딪힐 때마다 늘 그랬듯 호흡이 가빠졌다. 커다랗게 몸집을 키운 불행이 내 몸을 덮쳤다. 나는 책 무덤 한가운데 누워 높이 치솟은 천장을 바라보았다.

엄마의 선택은 엄마의 것이에요. 그러니까 지원 씨는 본인 의 선택으로 달라질 수 있는 일을 찾아요.

여자는 분명 나의 선택으로 달라질 수 있는 일을 찾으라고 말했다. 하지만 어떤 선택을 하든 엄마를 되살릴 수 없다는 사 실만이 명확히 남은 이 시점에서 내가 할 수 있는 일이 뭐가 있을까.

숨 쉬는 게 불편했다. 이제 그만 다 포기하고 싶었다. 어쩌다 일이 여기까지 왔는지. 기억서점은 왜 내 눈앞에 나타났고, 여 자는 왜 내게 어차피 원점으로 다시 돌아올 거래를 제안했는

156

지, 아무것도 알 수 없었다. 그저 이곳의 문을 열기 전으로 되돌아가고 싶었다.

문을 열기 전……? 거기까지 생각이 미치자 온몸으로 전율이 흘렀다.

"여길…… 벗어나야겠다. 이제라도 여자와의 거래를 그만두면 돼. 그뿐이야."

시간 여행은 과거 시간과 미래 시간의 교환을 원칙으로 한다. 시간 여행의 횟수는 3회로 제한한다. 머릿속에서 뒤져본 시간 여행의 규칙 어디에도 세 번의 시간 여행을 반드시 마쳐야 한다는 규정은 없었다. 나는 맥없이 무너져 있던 몸을 벌떡 일으켰다.

"……대체 이게 뭐지."

　몇 번째 제자리걸음이었다. 성벽을 지키는 중세의 기사들처럼 한 치의 오차도 없이 늘어선 서점의 책장들을, 그 가운데로 놓인 복도를 찾을 수 없었다. 아무리 걸어도 나는 계속해서 책 무덤 속이었고, 하늘로 높게 뻗은 나선형 계단은 그런 나를 비웃기라도 하듯 내 뒤를 따라왔다. 분명 내가 저쪽에서 들어와 여기 이 책장 뒤에서 나타난 여자를 마주했던 것 같은데. 이곳을 벗어나려 하면 할수록 복제 마법이라도 쓴 것처럼 바닥에 널브러진 책들이 발 디딜 틈도 없이 무한히 증식했다. 나는 되는대로 발치에 걸리는 책들을 걷어차며 앞으로 걸었다. 책들은 어느새 발목까지 차올라 있었다.

더운 숨을 내뱉었다. 바짝 약이 올라 상기된 두 볼이 과열된 배터리처럼 뜨거웠다. 나는 또다시 벽처럼 내 앞을 가로막은 책장에 분노하며 있는 힘껏 책장을 흔들었다. 이 망할 기억들과 악랄하기 그지없는 여자가 나를 내보내 주지 않는다면 책장을 망가뜨리고 벽을 부수어서라도 이곳을 벗어날 작정이었다.

"아악!!!!!!"

지금 내가 내지른 것이 힘을 주어 토해낸 기합인지 고통으로 가득찬 비명인지 알 수 없었다. 이성을 잃고 정신이 나간 사람처럼 억지로 흔들던 책장이 복수라도 하듯 자신이 안고 있던 책들을 모두 내 머리 위로 쏟아냈다. 나는 몇십 권, 아니 어쩌면 몇백 권일지도 모르는 책들에 얻어맞고 이미 수북하게 쌓인 책더미 위로 넘어졌다. 온몸이 엉망진창이었다.

아프다. 너무 아파서 아무런 생각도 할 수가 없다. 머리는 혹이 난 듯 불이 나고, 찢어진 팔뚝에선 피가 흘렀다. 뒷목은 뻐근하고, 힘이 풀린 다리로는 자리에서 일어나기조차 쉽지 않았다. 나는 펼쳐진 채로 내 얼굴을 뒤덮고 있는 책을 거머리처럼 떼어냈다.

힘들다는 둥, 포기하고 싶다는 둥, 나약한 말을 내뱉는 방법을 알지 못한다. 최선을 다해 열심히 해도 잘하는 것은 당연한 것이고, 못하는 것은 질책을 받아야 한다는 사실에 적응하지 못하는 날들이 이어진다. 뙤약볕이 내리쬐는 시골 한복판에서 엄마에게 전화를 건다. 엄마는 괜찮다며 씩씩한 목소리를 냈지만, 어딘가 어눌해져 가는 발음에 걱정이 앞선다. 나는 그런 엄마에게 투정할 수 없다. 선택은 나의 몫이다. 평범한 안부를 나누고 전화를 끊으려는데 엄마가 말한다. 힘들면 그만두고 올라와도 괜찮아. 포기도 다 배움이야.

추가 달린 듯 무겁고, 겉표지가 망가져 너덜거리는 책이 핏줄 선 내 두 눈에 억지로 글자들을 집어넣었다.

뙤약볕이 내리쬐는 시골 한복판, 선택은 나의 몫, 힘들면 그만두고 올라와도 괜찮아, 포기도 다 배움이야……. 책 속의 기억은 순식간에 나를 스물세 살 여름으로 데려갔다.

"죄송합니다, 팀장님. 저 엄마가 많이 편찮으셔서 서울로 먼저 올라가 봐야 할 것 같습니다."

중학교 때부터 나는 방송국 피디가 되는 것이 꿈이었다. 어릴 땐 그래도 제법 여러 가지 꿈을 꾸고 살았던 것 같은데. 피디라는 꿈에 압정을 박아 마음에 고정시킨 후로는 오직 한 가지 꿈을 향해 달려갔다. 그래서 나는 반드시 피디가 될 거라고 생각했다.

스물세 살, 학교를 휴학하고 우연한 인연으로 알게 된 외주 프로덕션에 막내 피디로 입사하게 되었다. 그 무렵은 비인두암 치료를 마치고 1년 동안이나마 건강했던 엄마에게 조금씩 이상 증세가 발견되던 시점이었다. 나는 일주일에 겨우 두 번, 자취방에 돌아가 옷만 갈아입고 나오는 생활을 반복하며 차고 넘치도록 주어지는 업무를 어떻게든 해냈다. 일 자체는 말로 다 할 수 없을 만큼 피곤하고 고단했지만 나와 잘 맞았다. 내가 꿈꾸던 바로 그런 직업이라 행복했고 또 즐거웠다. 하지만 나는 정글 같은 세계의 먹이사슬 구조를 견디지 못했다.

10년 가까이 꿈꿨던 직업을 단숨에 손에서 놓기란 쉽지 않은 일이었다. 지방으로 긴 출장을 떠났던 어느 날 나는 편마비 치료로 병원에 입원한 엄마에게 전화를 걸었다. 이것이 바로 그날의 기억이었다.

이날 나는 비겁하게도 아픈 엄마를 핑계 삼아 서울로 올라왔다. 엄마를 간병해야 해서 더는 이 일을 할 수 없다고 말했다. 선배 피디는 구겨진 눈썹으로 담배를 피우며 흩어지는 연기 속의 나를 가만히 응시했다. 모든 것을 꿰뚫어 보기라도 하는 듯 예리한 그 눈빛에 주눅이 들었다. 결국 나는 오래도록 붙잡고 있던 꿈을 내 손으로 놓아버렸다.

그렇게 내가 빈손으로 돌아왔을 때 엄마는 날 나무라지 않았다. 오히려 지금껏 버티느라 고생했다고 내 어깨를 토닥이며, 자신은 너무 늦둥이로 태어나서 이미 나이 드신 부모님의 기대를 받아본 적이 없었는데, 기대에 부응하려 노력하는 나를 보면 그 어떤 것도 쉬운 일은 없다는 것을 새삼 깨닫는다고 나를 위로했었다.

"엄마……."

첫 번째 여행에서 그랬던 것처럼 어색한 그 이름을 불러보았다. 사실은 그 이름을 입에 담는 것이 전처럼 어색하지 않았다. 나는 코끝이 시큰해지는 것을 느끼며 지그시 눈을 감았다.

엄마와 함께 걸었던 육교. 어수선했던 분위기의 병원. 건조하리만치 온도를 높여놓은 대기실 의자에 앉아 누가 봐도 거짓말인 것이 뻔한 추위를 핑계로 마주 잡았던 엄마의 여리고 작은 손. 지켜내겠다 했지만 결국 그럴 수 없었던 아빠의 약속과 집 안을 가득 메우던 밥 짓는 냄새. 그 위로 더해진 엄마의 체취와 따뜻하게 느껴지던 체온. 그리고 엄마의 목덜미에서 느껴지던 촉감. 그 모든 것들이 아직도 기억 속에 선명해 더욱 슬퍼졌다.

본인의 선택으로 달라질 수 있는 일을 찾아요. 지원 씨에게 아직 두 번의 기회가 남아 있다는 걸 잊지 말아요.

지금 이 순간만큼은 절대로 떠올리고 싶지 않은 여자의 목소리가 귓가를 맴돌았다. 나는 성마른 손등으로 젖은 얼굴을 벅벅 문지르며 도리질을 쳤다. 날카로운 책 모서리에 긁혀 벌어진 상처 틈으로 눈물이 스며들자 찌릿하고 따끔한 통각이 손등 위로 깊게 박혔다. 나는 쉽게 달아나지 않는 통증에 입술을 깨물고 천천히 몸을 일으켜 앉았다.

"두 번의 기회. 오직 나의 선택으로 달라질 수 있는 일⋯⋯."

수면 아래로 깊숙하게 가라앉아 있던 간절함이 멍청한 선택에 매달려 있던 내 정신을 깨웠다. 아무것도 얻은 게 없다고 믿었던 첫 번째 여행이 실은 내게 아주 소중한 것을 쥐여줬음을 뒤늦게 깨달았다.

건강했던 엄마의 모습, 그토록 나누고 싶었던 엄마와의 대화, 엄마를 잃은 후 정말 미치도록 그리워했던 엄마의 모든 것.

아직 남은 두 번의 기회로 엄마와의 모든 기억을 다시 쓸 수 있었다. 나는 실처럼 뒤엉킨 책들을 파헤쳤다. 무엇을, 어떤 기억을 찾아야 하는지조차도 알 수 없었다. 하지만 나한테 주어진 이 기회를 포기하는 것이 정답이 아니라는 점만큼은 확실하게 알 수 있었다.

가까이 있는 책들을 하나씩 들춰봤다. 시간도 책의 모양도 모두 뒤죽박죽 섞여 있었지만 그것이 모두 2005년, 열여덟 살 이전의 기억이라는 것만은 동일했다. 나는 몇 개의 기억 중 유독 날카롭게 느껴지는 기억을 눈에 담았다.

다른 학교 애들과 다툼이 커져 결국 경찰서 신세를 진다. 드라마에서 본 것처럼 딱딱한 벤치에 친구들과 나란히 앉아 있는 지금, 나는 내게 내려질 처벌보다 경찰서 문을 열고 들어올 엄마의 얼굴을 마주하는 것이 더 무섭다. 화를 낼까. 아님 내게 실망할까. 굳게 닫혀 있던 문이 열린다. 친구들의 엄마는 이게 무슨 일이냐며 친구들을 끌어안고 울음을 터트린다. 그 행렬 중 가장 마지막으로 들어선 엄마는 나와 눈을 한 번 마주치고 데스크로 직행한다. 엄마는 거침없는 말과 행동으로 모든 상황을 순식간에 정리한다. 나는 경찰서 문을 나서는 엄마의 뒷모습을 보며 소리친다. "엄마는 내가 걱정도 안 되지? 엄마는 맨날 그래. 일을 해결하는 게 먼저야." 엄마가 돌아본다. 나를 보는 눈빛에 담겨 있는 것이 무엇인지 나는 알 수가 없다.

이건 내가 열여섯 살 때의 기억이었다. 아직도 생각난다. 서늘했던 경찰서 안에 감돌던 비릿한 쇠 냄새와 여기저기서 들리던 고함 소리. 싸구려 키보드로 타이핑하는 소리. 나와 내 친구들이 앉아 있던 벤치를 한심하게 쳐다보며 지나가던 험악한 인상의 경찰들.

말려들고 싶지 않은 싸움이었다. 친구가 먼저 시비를 걸었던 것도 알고 있었다. 하지만 친구가 이름도 모르는 아이들에게 맞는 모습을 그냥 지켜볼 수만은 없었다. 나는 앞뒤 고민하지 않고 달려들었다. 어느새 내 손엔 이름도 모르는 아이의 피가 덕지덕지 묻어 있었다. 주택가 골목에서 계속되는 소란에 멀리서 사이렌 소리가 들려왔다. 그제야 나는 내가 저지른 일을 직시했다.

나는 펼쳐진 책을 손에 쥔 채로 그날, 엄마가 나를 보며 짓고 있던 표정을 떠올려 본다. 그때 엄마가 했었던 일은 걱정으로 나를 불안하게 만드는 것이 아니라, 어떻게든 나를 지키기 위해 벌였던 투쟁이었음을, 아무것도 담겨 있지 않다고 느꼈던 그 눈에 담긴 것은, 끝도 없는 두려움이었음을 깨닫는다. 그날 내가 엄마에게 씻을 수 없는 상처를 안겨주었다는 사실도.

이날로 돌아가야 할까……?

한숨이 차오른 머릿속에 그런 생각이 들었다. 시간을 돌려 처음부터 저 싸움에 휘말리지 않았더라면, 애초에 그 골목으로 지나가지 않았더라면, 엄마에게 가슴이 덜컥 내려앉는 그런 소식 따위 전하지 않았을 텐데…….

기억을 쥐고 있는 손에 힘을 싣는다. 기분 나쁜 두근거림이 온 사방을 뒤흔든다. 생각해 보면 후회로 남은 기억은 저 날만이 아니었다. 엄마와 언쟁을 벌이던 장소가 경찰서 앞이라는 점이 유별났을 뿐, 나는 내 기분과 자존심만을 앞세워 엄마가 편마비를 얻고, 장애를 얻은 그 순간에도 엄마에게 화를 내고 모진 말들을 내뱉기에 바빴다.

"하."

웃음이 났다. 서점은 정말 내게 필요한 것이라면 뭐든 내어 줄 것이라는 걸 증명하듯 최악의 기억을 내 앞으로 가져왔다.

나는 2016년 1월, 엄마가 돌아가시기 한 달 전의 기억을 마주했다.

별것도 아닌 일로 아빠와 언성을 높인다. 나는 일까지 그만두고 엄마 간병을 하는데 아빠는 도대체 하는 일이 뭐냐고. 방 안에서 그 말을 듣고 있던 엄마가 울음을 터트린다. 모든 나쁜 일들은 엄마가 아프기 때문에 시작된 것이라고 엄마는 굳게 믿는다. 아빠는 어디서 감히 아빠한테 그런 말을 하느냐며 소리지른다. 나는 싱크대 안으로 그릇을 집어던지고 엄마 앞에 무릎을 꿇고 앉아 울고 있는 엄마를 끌어안는다. 엄마의 건강이 점점 악화되어 이제는 보청기를 껴도 귀가 잘 들리지 않는다는 걸 알고 있다. 그래서 나는 내 욕심에, 더는 담아둘 수 없다는 이유로 해선 안 되는 말을 꺼내어놓는다. 그냥 나도 엄마랑 같이 죽어버렸으면 좋겠어.

나는 아빠와의 다툼을 피하지 않았다. 오히려 못된 말로 상처를 주기 시작한 건 아빠가 아닌 나였다. 살면서 가장 후회했던 순간을 꼽으라면 주저하지 않고 저 날을 꼽을 것이다. 그때 엄마 앞에서 그러지 말았어야 했는데. 그런 말을 해서는 절대 안 됐는데. 내 아픈 마음을 아빠의 탓으로 미뤄서는 안 되는 거였는데…….

하지만 돌이킬 수 없다. 엄마를 살리기 위해 사용한 시간은 이미 저 순간을 지나쳐 갔다. 지금 내 손에 쥐어진 이 기억은 바뀔 수도, 사라질 수도 없다는 걸 인정해야 했다. 나는 죄책감으로 가득 찬 내 손에서 형편없이 구겨진 책을 바닥으로 집어던졌다.

"……이건 뭐지?"

책등도 없이 스테이플러로 제본된 주황색 책 하나가 눈에 띄었다. 나는 손가락 끝으로 책을 당겨 표지를 확인했다. 표지에 새겨진 날짜는 2005년 5월 22일. 열여섯 살 때의 기억이었다.

아. 어제 새벽까지 안 자고 놀아서 피곤해 죽겠는데, 아빠는 일요일 아침부터 청소기를 돌린다. 내일은 월요일이고, 월요일엔 학교를 가야 한다. 아침 같은 건 먹지 않고 그냥 늦게까지 자고 싶다. 이따 오후에 친구들이 영화를 보러 가자는데 그것마저 귀찮다. 꽉 닫아놓은 문이 벌컥 열린다. 아빠가 들어와 청소기를 돌리며 일어나라고 잔소리한다. 나는 베개로 귀를 막고 이불 속으로 기어들어 간다. 청소기 소리가 멀어진다. 아빠는 청소기를 너무 사랑한다.

여느 때와 다를 것 없는 평범한 일요일 아침이었다. 유일하게 늦잠을 잘 수 있는 날 아빠는 유난스레 청소기를 돌리고, 엄마는 요란하게 아침 식사 준비를 했다. 나는 빨리 일어나서 밥 먹으라는 엄마 아빠의 잔소리를 번갈아 열 번쯤 듣고 난 후에야 어기적어기적 방문을 나서고는 했다. 그런 나를 보며 머리에 새집을 짓고 밥을 먹던 지후는 뒤늦게 후회하지 말고 와서 빨리 밥 먹으라며 내게 싫은 소리를 늘어놓았다. 이때만 해도 참 행복했었는데.

그런데 하필 왜 이날의 기억이 눈에 띄었을까. 그리 특별한 것도 특이할 것도 없는 기억일 뿐인데. 나는 페이지를 넘겨 남아 있는 글자들을 마저 읽어 내려갔다.

아빠도 나가고 지후도 나간 오후 1시. 거실에서 늘어지게 티브이를 보고 있는 나에게 어쩐지 기운 없어 보이는 엄마가 다가온다. 그리고 말한다. "엄마랑 같이 할머니 산소에 가지 않을래?" 갑작스러운 물음에 나는 아무 생각 없이 눈만 깜빡인다. 할머니의 산소는 엄마의 친정집과 가까운 산 중턱 가족묘에 있다. 차를 타고 중간까지 올라갈 수는 있지만 그 이후부터는 꽤 많이 걸어가야 한다. 나는 질퍽한 산길을 떠올리다가 이내 도리질을 친다. 딩동. 때마침 울리는 핸드폰 소리에 문자메시지 함을 확인해 보니 영화 보러 갈 건지 말 건지 빨리 결정하라는 친구의 연락이 와 있다. 나는 엄마에게 말한다. "나 약속 있어. 이모들이랑 다녀와."

이제 알았다. 이날의 기억이 왜 내게로 왔는지. 내가 가진 죄책감의 근원은 최선을 다하지 않았음에 있었다. 최선을 다해 엄마와 시간을 보내지 않았고, 최선을 다해 엄마를 위하지 않았고, 최선을 다해 엄마에게 사랑한다고 말하지 않았다. 그래서 그 모든 것들이 후회돼서 못 해준 기억만 자꾸 들춰보고 사느라 더는 앞으로 나아가지 못한 채 과거에 묶여 살았던 것이다. 나는 엄마에게 했던 수많은 모진 말을 주워 담을 게 아니라, 엄마가 나를 가장 필요로 할 때 곁에 있어주는 것이 진정으로 엄마를 위하는 길임을 알았다. 이번에 내가 해야 하는 선택은 나를 위한 것이 아닌, 엄마를 위한 것이어야 했다.

나는 서둘러 왔던 길을 되돌아갔다. 엄마를 다시 살릴 수 없음에 좌절하고 슬퍼하며 주저앉아 있던 시간이 너무 길었다. 아무런 기대 없이 그저 살아지기에 살아왔던 내 삶에 여자가 쥐어준 것은 고문 같은 희망이라고 생각했다. 그리고 그 희망을 가장 높은 곳, 절정에 달했을 때 배반하고 빼앗아 간 것도 모두 여자의 잘못이라고, 늘 그래왔듯 다른 사람에게 책임을 떠넘겼다. 나는 달렸다. 아직 두 번의 기회가 내게 남아 있었다. 엄마를 더, 만날 수 있었다.

"두 번째 기억을 찾았나 보네요. 책갈피는 다시 제자리에 돌려놨어요."

이곳을 벗어나겠다고, 더는 여자와의 거래에 얽매이지 않겠다고 다짐했던 마음을 쓰레기통으로 던져 넣자, 거대한 철문처럼 나를 가로막고 놓아주지 않던 서점이 거짓말처럼 길을 열어주었다. 책 무덤에서 내게 있었던 일들을 이미 다 알고 있는 듯 엷게 웃어 보이는 여자와 눈을 맞췄다.

"어떻게 사용하는지는 잘 알죠?"

분노에 잡아먹혀 여자를 찾을 땐 끝도 없이 멀었던 길이 반으로 줄어든 기분이었다. 열람실은 여전히 단정한 모습으로 내 앞에 나타났다. 그리고 그곳에 여자가 흐트러짐 없는 자세로 서 있었다. 여자는 변화 없는 얼굴로 내게 앉을 것을 권했다. 나는 여덟 개의 의자 중 유일하게 뒤로 빠져 있는 의자에 자리를 잡고 앉았다. 가죽으로 만든 책갈피는 처음부터 그랬던 것처럼 책상 위에 반듯하게 놓여 있었다.

서늘한 공기가 감돌았다. 나는 내가 돌아갈 곳으로 책갈피를 끼워 넣었다. 또박또박 운동화 소리를 내며 내 뒤로 걸어온 여자는 책장 속 책들을 정렬하며 내게 말했다.

"기억은 시간이 지날수록 왜곡된다고 했던 말 기억해요?"

나는 의자에 앉은 몸을 반쯤 돌려 여자를 쳐다보았다. 여자는 내 시선에 응수하듯 책장에서 손을 떼며 나와 눈을 마주쳤다. 여자의 눈동자엔 파랗게 넘실거리는 파도가 있었다.

"기억의 왜곡은 공평해요."

"……."

"그게 후회로 얼룩진 불행한 기억이든, 영원토록 가슴에 새기고 싶은 행복한 기억이든, 자주 꺼내어 보는 기억들은 모두 공평하게 왜곡되죠. 그러니까 이번엔 행복한 기억을 만들어봐요. 눈덩이처럼 크게 부풀릴 수 있도록."

두 번째
여행

어두운 시야 너머로 희미한 소리가 들린다. 멀리서 미약한 진동을 가지고 웅웅대던 소리는 조금씩 형체를 갖추어가며 사람들의 웃음소리로 변한다. 하지만 여전히 선명하지는 않다. 아직 눈꺼풀을 들어 올리지는 않았지만 이 소리가 어디서 들리는지 어렴풋이 알 것도 같다. 이건 진짜가 아니다. 스피커를 타고 들리는 가짜 웃음소리. 그제야 나는 헤드라이트 불빛에 놀란 사슴처럼 번쩍 눈을 떴다.

　"다시……."

　돌아왔다.

나는 다리를 쭉 펴고 누워도 한참 자리가 남는 3인용 소파를 똑바로 누운 채 처다보았다. 중학교 때까지만 해도 156센티미터 언저리의 키와 230밀리미터를 겨우 채우는 발을 가진 덕분에 거실에 있는 3인용 패브릭 소파는 언제나 내게 훌륭한 침대가 되어주고는 했었다. 나는 첫 여행에서 그랬듯 이번에는 발가락 끝을 까닥여보았다. 무리 없이 부드럽게 움직이는 가느다란 뼈 마디마디가 이 모든 것이 환각이 아님을 증명하고 있었다.

티브이에선 아마도 열여섯 살의 내가 보고 있었을 쇼 오락 프로그램이 한창이었다. 나는 차고 있는 손목시계와 거실에 걸려 있는 동그란 벽시계를 번갈아 눈에 담았다. 오후 12시 56분. 멍해진 정신을 차리는 데 귀중한 1분을 사용하긴 했지만 시간은 정확했다.

지금 나는 2005년 5월 22일 오후 12시 55분, 우리 집에 있었다. 그렇다면…….

역시나!

안방에 있던 엄마가 문을 열고 부엌으로 나온다. 주황색 책에 쓰여 있던 것처럼 평소와 다르게 기운이 없어 보인다. 어쩌면 조금 슬픈 건지도 모르겠다. 아니, 어쩌면 많이. 그땐 몰랐지만 지금은 엄마의 마음이 눈에 보인다.

터덜터덜 정수기 앞으로 걸어간 엄마가 물을 한 잔 마신다. 나는 그 틈을 타 쿠션 사이에 끼여 있던 핸드폰의 전원을 꺼버린다.

"지원아."

"응? 왜, 엄마?"

거실과 부엌 사이에 있는 식탁 위에 손을 짚고 미지근한 물을 들이켠 엄마가 한숨을 쏟아내며 내 이름을 불렀다. 나는 혼자서 열심히 떠들고 있는 티브이를 외면한 채 엄마 쪽으로 고개를 돌렸다. 엄마는 그런 내게 의외라는 듯 잠시간 침묵하며 나를 바라보았다. 기록된 기억과 달리 내게 다가오지 않는 것을 보면, 그때의 난 엄마에게 눈길조차 주지 않았던 것이 분명하다.

"엄마 오늘 외할머니 산소 다녀오려고 하는데 같이 갈래?"

아는 만큼 보인다는 말은 사실 같다. 시간에 묻혀 지워져버린 기억 속에서는 느끼지 못했던 엄마의 그리움이 사무치게 느껴진다. 엄마는 그냥 기운이 없거나 무기력한 슬픔에 잠긴 것이 아니었다. 엄마는 돌아가신 할머니가 간절하게 보고 싶은 거였다. 지금의 나처럼.

"혹시 친구들이랑 약속 있어?"

"응? 아, 아니."

"근데 왜 그렇게 한참 대답이 없어."

엄마는 늘 그랬듯 내가 거절할 줄 알았을 것이다. 나를 보는 엄마의 눈에 기대가 없다. 그냥 한 번, 정말 혹시나 해서 물어봤다는 걸 알 수 있을 만큼 적적하게 들리는 목소리에 나는 벌떡 몸을 일으켰다.

"아니야. 약속 없어. 같이 가자, 할머니 산소에."

엄마는 이곳에서 나고 자라, 잠깐 들렀던 타지에서 아빠와 만나 결혼을 했다. 그러니 엄마의 어릴 적 기억이 고스란히 묻은 친정의 한옥집이며 가족묘가 있는 산이 우리 집과 가까운 것은 당연한 일이었다. 나는 오랜만에, 정말 오랜만에 엄마가 운전하는 차에 탔다. 엄마는 지독한 길치라서 내비게이션 없이는 절대 운전을 할 수 없는 사람이지만 이 지역 지리에는 빠삭했다. 나는 지도에 쫓기지 않고 여유롭게 운전하는 엄마의 옆모습을 빤히 쳐다보았다.

　엄마는 누가 봐도 미인이라고 부를 만큼 예뻤다. 마치 외국

인처럼 눈썹 뼈가 도드라져 쌍꺼풀 없는 눈 위가 쏙 들어갔고, 미간 사이에 자리잡은 콧대도 남들보다 훨씬 높았다. 입술은 립스틱을 바르지 않아도 적당히 작고 붉었으며, 어릴 적엔 여드름이 많이 나서 고민이 많았다던 피부는 그런 기억이 무색할 정도로 하얗고 매끄러웠다. 난 엄마보다 아빠를 더 많이 닮았지만, 초등학교 땐 엄마와 판박이라는 소리도 많이 들었었다. 이모들은 내게 한옥집 마당에서 찍은 어린 엄마의 사진을 보여주며, "이때 느이 엄마가 얼마나 똑똑했는지 모른다"고 늦둥이 동생 자랑을 늘어놓았다.

내 눈 속에 담긴 엄마는 그때와 달라진 것이 아무것도 없었다. 여전히 총명한 눈매를 지녔고, 여전히 누구보다 똑똑하고 현명한, 나에게는 대단한 엄마였다. 엄마는 조수석에서 집요하게 따라붙는 시선을 느꼈는지 왜 그렇게 쳐다보느냐고 물었다. 나는 별일 아니라는 듯, 평소와 다른 행동을 하면 곤란한 상황에 처하게 될 거라는 여자의 조언을 무시한 채 말했다.

"그냥. 엄마가 너무 예뻐서."

엄마는 어이가 없다는 듯, 그럼에도 기분 좋은 미소를 지으며 내일은 해가 서쪽에서 뜨겠다고, 소리 내어 웃었다. 나는 엄마의 웃는 얼굴을 기억 속에 꼼꼼히 새겨넣었다.

엄마의 차는 익숙한 길을 지나고 또 지나 20분 만에 산 중턱에 닿았다. 딱 한 대 주차할 만한 공간이 있는 커다란 나무 밑에 차를 대놓고 진흙처럼 진득한 갈색 길을 걸었다. 나는 엄마의 뒤가 아닌 옆에서 걸었다.

체육 고등학교 진학을 고민했을 정도로 운동을 잘하던 나는 스무 살이 넘고 서른 살이 지나며 어느새 운동과는 거리가 먼 사람이 되었다. 그러니 이 정도 비탈길을 걸었으면 숨이 찰 법도 한데, 이상하게 몸이 가뿐했다. 나는 할머니 산소 앞에서도 안정적으로 호흡하는 내 모습을 보며 또 한 번 새삼스럽게, 영원히 이곳에 머물 수 없음을 자각했다.

"아이고. 제사를 이제 외삼촌 집에서 지내니까 산소에 풀이 무성하네."

야트막한 언덕처럼 솟은 봉분 위로 초록색 풀들이 무성하게 자라 있었다. 엄마는 한참 동안 아무런 말 없이 할머니 산소를 정리하는 데만 집중했다. 나는 그런 엄마를 방해하고 싶지 않아 쭈뼛거리며 바로 옆에 놓인 할아버지 산소의 봉분으로 걸음을 옮겼다. 할아버지는 할머니보다 훨씬 더 오래전에, 엄마가 어릴 때 오토바이 사고로 돌아가셨다. 그러한 이유로 나는 할아버지를 실제로 만난 적이 없었다. 이따금 큰이모 댁에 있는 할아버지의 증명사진을 본 것이 전부였는데, 흑백사진 속 젊은 남자는 한눈에 봐도 엄청난 미남이었다.

"엄마는 할아버지에 대해 기억나는 게 별로 없어?"

시간은 강물처럼 흘렀다. 내가 차가운 물속으로 들어가 온 몸으로 그 물을 틀어막아 보아도 아무 소용 없이, 미세한 틈으로 얇게 쪼개져 빠져나갔다. 1시 54분. 어느덧 한 시간이나 지나 있는 시곗바늘을 보며 마음이 조급해졌다. 앞으로 내가 이곳에서 엄마와 함께 머물 수 있는 시간은 단 두 시간뿐이었다.

"할아버지에 대한 기억은 대부분 다 흐릿하지. 워낙 어릴 때 돌아가시기도 했고. 엄마는 아들 하나 더 낳으려다가 실패한 늦둥이 막내딸이라 할아버지랑은 좀 서먹하기도 했어. 지금 너랑 아빠처럼 그렇게 친한 부녀지간은 아니었지. 그렇다고 해서 보고 싶지 않은 건 아니야. 흐릿해도 아버지에 대한 기억은 있으니까. 아버지가 더 오래 살아 계셨다면 어땠을까…… 하는 생각은 늘 있었어."

엄마는 나무가 울창한 숲속으로 한 움큼 뽑아낸 잡초들을 버리며 대답했다. 그 목소리엔 쓸쓸함이 묻어 있었지만, 크게 일렁이는 슬픔까지는 느껴지지 않았다.

"어젯밤 꿈에 할머니랑 할아버지가 나왔어."

"……."

"엄마가 태어나던 날이었는데, 아들이 아닌 걸 보고 할아버지는 크게 실망하시더라고. 그런데 할머니는 아니었어. 외삼촌 말고는 엄마 위로 줄줄이 딸만 넷이 더 있었는데도 갓 태어난 엄마를 안고 기뻐하시더라고. 물론 그게 진짜인지 아닌지는 모르지만, 그런 꿈을 꾸고 나니까 할머니가 너무 보고 싶은 거야. 엄마도 이제 엄마가 되었으니까, 자식을 처음 품에 안는 그 순간의 기분을 이해할 수 있었거든. 그래서 오늘은 너랑 같이 오고 싶었어. 네가 안 오겠다고 했으면 아마 혼자 왔을 거야."

아무도 없는 산 중턱에는 엄마랑 나, 둘만 있었다. 엄마의 목소리엔 할머니의 봉분을 뒤덮고 있던 풀들처럼 슬픔이 무성했다. 나는 엄마가 할머니를 이해하듯 마침내 엄마를 이해할 수 있었다. 딸은 나이가 들수록 엄마와 감정이 겹쳐진다.

엄마는 할머니 무덤 앞 흙바닥에 자리를 잡고 앉았다. 나도 바지가 더러워지는 것 따위는 안중에도 없이 엄마의 작은 몸 옆으로 엉덩이를 붙이고 앉았다. 엄마와 내가 대화를 멈추자 산새가 지저귀는 소리, 이름 모를 곤충들의 울음소리, 바람에 따라 흔들리는 나뭇잎 소리가 들렸다. 나는 다리를 벌리고 앉아 그 사이로 흙장난을 치다가 조심스레 엄마에게 물었다.

"엄마는 만약에 할아버지가 일찍 돌아가시지 않았으면 뭐가 되고 싶었어?"

엄마는 나보다 훨씬 어린 나이에 아버지를 잃고 가세가 기우는 것을 지켜봐야 했다. 어린 시절 엄마는 누구보다 명석하고 영리했지만 그만큼의 지원을 받을 수는 없었다. 이미 엄마 위로는 나이 많은 형제들이 다섯이나 있었고, 할머니는 나이가 들어 엄마에게까지 학구열을 쏟을 기력이 없었다.

부산에서 수학을 잘 가르치기로 유명했던 큰이모부는 항상 엄마의 재능과 머리가 아깝다고 했다. 그래서 더 가진 것 없이 맨손으로 찾아온 젊은 시절의 아빠를 못마땅해했는지도 모르겠다.

명절이면 가족들이 다 같이 모인 자리에서 큰이모부는 술에 취해 같은 말을 반복하곤 했다. 너는 너희 엄마를 닮아 머리가 똑똑하니 열심히 공부하라고. 그래서 엄마가 하지 못했던 것들을 모두 이루고 살라고. 어린 나에게 그 말은 아주 특별한 칭찬이자 아주 무거운 압박이기도 했다. 그래서 내 어깨에 쌓인 기대와 부담을 아무렇지 않은 척 견뎌내느라, 엄마에게 질문할 생각을 미처 하지 못했다. 엄마는 어떤 사람이 되고 싶었느냐고, 어떤 꿈을 가지고 있었느냐고.

한 번도 꺼내본 적 없던 질문에 엄마는 너무 오래된 기억이라 생각이 잘 나지 않는다며 멋쩍은 웃음을 지었다. 나는 손에 묻은 흙먼지를 훌훌 털어내며 엄마에게 말했다.

"잘 생각해 봐. 엄마는 뭘 좋아했고, 무엇을 하고 싶었는지."

"……글쎄."

184

"엄마 원래 컴퓨터 학원 선생님이었다며. 그때 날 임신하지 않았다면 지금 뭘 하며 살고 있을까, 한번 생각해 봐. 궁금해. 엄마의 진짜 꿈은 뭐였는지."

시간은 계속해서 흘러간다. 하지만 나는 조금씩 생각에 빠지는 엄마를 재촉하지 않았다. 현재 시각 2시 12분, 내가 떠나야 하는 시간은 3시 55분.

아직 내겐 엄마와 함께할 수 있는 시간이 조금 더 남아 있었다.

엄마와 아빠는 내가 신혼여행에서 생긴 허니문 베이비라고 했다. 하지만 엄마 아빠 결혼식 사진에 찍혀 있는 날짜는 1989년 12월 23일이었다. 그러니 6월에 태어난 내가 허니문 베이비가 아니라는 건 누구나 쉽게 알 수 있는 사실이었다.

내가 그 사실을 안 건 초등학교 6학년 때 일이었다. 그저 엄마의 화장대 위에 당연하게 있는 것으로 여겼던 결혼사진을 보다 자세히, 찬찬히 뜯어보게 된 것은 앳되어 보이는 엄마와 아빠의 얼굴이 신기해서였다. 엄마 아빠의 결혼기념일은 어릴 적부터 알고 있었지만, 왜 그날따라 유독 1989년이라는 숫자가 크게 보였는지 모르겠다. 초등학교 6학년. 나는 아기가 6개월 만에 태어나지 않는다는 것을 아는 똑똑한 어린이였다.

똑똑한 그 어린이는 부모님을 따라 드라마도 많이 보는 조숙한 어린이이기도 했다. 드라마를 많이 보는 어린이는 '혼전 임신'이라는 단어를 알았다. 그리고 그것으로 아주 오랫동안 부모님 뒤를 졸졸 따라다니며 얼레리꼴레리 짓궂은 장난을 쳤다.

그 시절 아빠는 아직 성공하지 못한, 자수성가할 준비가 되어 있는 꿈 많은 건축가이자 사업가였고 엄마는 유명한 컴퓨터 학원 선생님이었다고 했다. 엄마가 나를 갖는 바람에 직장을 포기한 것은 물론이며, 가족들의 반대를 무릅쓰고 결혼했다는 사실을 알게 된 건 그로부터 몇 년 후의 일이었다.

당시의 나는 그 시절의 여자가 직업을 갖는다는 게 어떤 의미인지, 또 그것을 포기한 데엔 어떠한 대가가 따르는지 몰랐다. 친구들 엄마 대부분이 가정주부이니 엄마가 가정주부인 것은 당연하다고 생각했다. 가정주부가 가족을 위해 희생하고 헌신하는 것은 당연한 일이 아니며, 엄마도 가정주부이기 이전에 하고 싶은 일과 꿈을 가질 수 있는 한 명의 사람이라는 것을 그땐 미처 알지 못했다.

그래서 지금 내가 하는 이 질문이 늦어도 너무 늦었다는 생각을 지울 수가 없다. 나는 진작에 물어봐야 했다. 엄마가 뭘 좋아하는지, 뭐가 되고 싶었는지, 하다못해 오늘은 무얼 하고 지냈는지.

"흐음. 아무리 생각해도 기억이 안 나네. 엄마도 어릴 땐 이 것저것 하고 싶은 게 많았던 거 같은데, 할아버지 돌아가시고 는 그냥 휩쓸리듯 살았지 뭐. 지금도 여자 혼자 애를 키우려면 힘든 세상인데 그땐 어땠겠어, 더 힘들었지. 할머니는 혼자였 고, 지금이랑 다르게 엄마는 위로 형제들도 많았고. 그래도 어 떻게 하다 보니 대학도 나오고 컴퓨터 학원 강사도 됐었지만, 그게 진짜 엄마가 하고 싶었던 일이었는지는 기억이 잘 안 나. 워낙 오래된 일이니까."

곧게 세운 무릎을 품으로 끌어안고 한참 동안 고민하던 엄 마는 내 예상과 전혀 다른 대답을 내놓았다. 나는 할머니 무 덤을 등 뒤에 놓고 파란 하늘을 가만히 응시하는 엄마를 물끄 러미 바라보았다. 텅 비어 있는 채로 공허함을 좇고 있는 눈빛 이 익숙했다. 지금 엄마는 거울 속에 반드시 존재하고 있을, 나 와 같은 눈빛을 하고 있었다. 나는 흙더미 옆으로 빼꼼히 삐져 나와 있는 풀 한 줌을 손에 쥐고 흔들었다. 풀에선 초록빛 녹 음의 냄새가 났다.

"엄마가 스물여덟 살에 날 임신하지 않았다면?"

"널 임신하지 않았다면?"

"아니, 날 낳지 않았다면? 그런 생각, 해본 적 없어? 그랬다면 어땠을 거 같아? 그랬으면 일을 그만두는 일도 없었을 거잖아."

줄곧 허공을 향하고 있던 엄마의 눈동자가 내 앞으로 내려왔다. 퍼즐처럼 맞추어진 시선이 내가 가진 생각을 모두 하나도 빠짐없이 읽어내듯 단단하고 또 단호했다. 엄마는 픽 소리가 나게 웃으며 누가 봐도 농담인 것이 분명한 대답을 장난스레 던졌다.

"그랬으면 뭐, 네 아빠랑 결혼 안 하고 혼자 잘 살았겠지. 가진 건 없어도 앞으로 행복하게 해주겠다고 온갖 감언이설로 꼬드기길래 집으로 들였더니, 그런 일이 생길 줄 누가 알았겠어? 이래서 누굴 만날 땐 신중하고 또 신중해야 해. 너희 아빠 맨날 집에도 늦게 들어오고 속만 잔뜩 썩이는 거 보면, 으휴, 말해 뭐 해."

엄마는 신물이 난다는 듯 고개를 저었다. 하지만 입술 끝엔 작은 미소가 걸려 있었다. 나는 엄마를 따라 웃으며 엄마 대답은 순 엉터리라고 말했다. 엄마는 엉터리는 뭐가 엉터리냐며, 내 어깨를 툭 치고 일어났다. 나는 순식간에 나보다 커진 엄마의 그림자 아래에서 뜨거운 햇볕을 피하며 엄마를 올려다보았다. 엄마는 그런 나를 가만히 내려다보며 내 이름을 불렀다.

"그런데 지원아."

"응?"

"그럼에도 불구하고, 만약이라고 해도 말이야."

"……."

"절대 그런 일은 없었을 거야."

"무슨 일?"

"널 낳지 않는 일."

"……."

"널 갖지 않는 일."

진심 어린 목소리에 울컥 눈물이 날 뻔했다. 따뜻하게 바라보는 눈길에, 다정하게 내미는 손길에, 그냥…… 속에 쌓아둔 울분을 털어놓고 울고 싶었다. 엄마랑 헤어지기 싫다고. 지금이 순간에도 속절없이 흘러가는 시간을 원망한다고. 엄마가 돌아가신 날, 장례를 치르는 내내 곡소리 한 번 내지 못하고 눈물을 삼키기만 했던 것이 후회스러웠다. 이제야 뒤늦게 '엄마'라는 단어만 들어도 눈물이 나는 건, 그때 최선을 다해 슬퍼하지 못한 내게 주어진 잔인한 대가였다.

나는 엄마가 내민 손을 붙잡고 몸을 일으켰다. 돗자리 하나없이 맨바닥에 앉아 있던 엉덩이 밑으로 버석하게 마른 모래가 후드득 떨어졌다. 엄마는 나와 똑같이 더러워진 자신의 엉덩이를 털어내는 대신 내 몸에 묻은 흙먼지를 털어주며 확신에 찬 목소리로 말했다.

"네가 나중에 어떤 삶을 살게 될지 엄마는 아직 모르지만, 엄마 인생에서 널 낳은 건 정말 최고의 선택이었어."

간신히 잠그고 있던 수문이 금방이라도 터질 것 같았다. 나는 입 안쪽을 씹어 물고 빨간 경계선까지 차오른 슬픔을 억지로 눌러 내렸다. 꿀꺽하고 목울대를 울리니 뜨끈한 침이 눈물처럼 목구멍을 타고 흘렀다.

"……아빠랑 결혼한 건 후회한다며. 아빠랑 결혼하지 않을 기회가 있어도 그런 선택을 할 거야?"

"엄마가 항상 말하잖아. 너희 아빠는 좋은 남편은 아니더라도 세상 누구보다 좋은 아빠라고. 그리고 어떠한 상황이 주어져도 그때 엄마가 했던 선택은 절대 바꾸지 않을 거야. 그때 엄마의 꿈이 뭐였든, 지금 엄마의 꿈은 지원이, 너니까."

삶이 막막한 순간이면, 물러설 곳 없이 선택의 갈림길에 서는 순간이면, 미래를 내다보는 능력이 있으면 좋겠다는 생각을 하곤 했었다. 그런데 지금은 내가 먼 훗날의 미래를 알고 있다는 사실이 저주처럼 느껴진다.

큰 사랑을, 바다같이 깊은 사랑을 받고 자란 인생이라는 것은 이미 알고 있었다. 하지만 그것은 짐작일 뿐 객관적인 사실은 아니었다. 그럴 수밖에 없었다. 엄마가 살아 있는 동안에는 이렇게 진지한 대화를 나눠본 적이 단 한 번도 없었으니까. 그런데 어렴풋이 짐작만 하고 있던 그 마음을 형체가 있는 언어로, 소리로, 표정으로, 피부에 닿는 온기로 직접 이렇게 확인받고 나니, 이생으로부터 멀어지려던 나 자신이 부끄러워졌다.

"인제 그만 내려가자. 엄마 출출하다."

나는 무슨 일이 있었느냐는 듯 손을 툭툭 털어내고 가볍게 멀어지는 엄마의 뒷모습을 보며 엄마를 마지막으로 떠나보내던, 뜨거운 불꽃 속의 기억을 다시 떠올렸다.

이 삶은 엄마가 목숨으로 지켜준 소중한 삶이다. 그걸 잊지 말고 누구보다 열심히 살자. 살아서 엄마에게 그 누구보다 자랑스러운 딸이 되자.

어쩌면 난 그 약속을 너무 쉽게 잊어버렸는지도 모른다.

"네가 웬일이야? 잔치국수를 다 먹자 그러고?"

"엄마를 닮아서 나도 면을 좋아하니까."

"그건 그렇지. 그래도 넌 뜨거운 음식 싫어하잖아."

"그것도 뭐, 나이 들면서 차차 바뀌어가나 보지."

"얘가 어른 앞에 두고 못 하는 소리가 없어."

픽 하는 웃음소리와 함께 흘러나온 핀잔은 때마침 등장한 잔치국수의 뜨거운 김 사이로 멀어졌다.

뽀얗게 우려낸 국물, 노랗게 색을 입힌 계란 지단, 지단과 같은 모양으로 썰어낸 애호박과 그 위를 뚜껑처럼 덮은 까만 김

가루. 가족묘가 있는 산에서 차를 타고 조금만 내려가면 커다랗게 난 굴다리 밑에 주황색 비닐로 만든 간이 포장마차가 있었다. 이곳은 등산객들의 방앗간이면서 동시에 엄마가 제일 좋아하는 단골 국숫집이기도 했다. 우리 가족은 등산을 좋아하는 아빠를 따라 내가 중학교에 입학하기 전까지 일요일마다 이 산을 올랐고, 그때마다 이곳에서 국수를 먹었다.

어렸을 때는 온 가족이 다 같이 등산 가는 일이 그렇게도 싫었다. 학교 가는 날도 아닌데 새벽부터 일어나 준비를 해야 하는 것도 곤욕이었고, 보폭이 넓은 아빠를 따라가는 것도 쉬운 일이 아니었다. 다정한 성격의 동생은 조잘조잘 수다를 떨며 옆에서 엄마를 챙겼지만, 나는 그저 멀찍이 떨어져서 대체 내가 왜 일요일마다 이런 고생을 해야 하는지 모르겠다며 속으로 투덜댈 뿐이었다.

초등학생 때 유난히 키도 몸집도 작았던 나는 열세 살이 되도록 약수터에서 어른들의 귀여움을 독차지하며 어린애가 이렇게 높은 데까지 잘도 올라왔다는 칭찬을 받았다. 그럼 아빠는 파란색 바가지에 뜬 약숫물을 내게 건네며 우리 집 애들은 늘 정상까지 씩씩하게 잘 올라간다고 뿌듯한 목소리를 내었고, 나는 또 그런 말들에 등 떠밀려 열심히 산을 타는 날들이 반복됐다.

기억이란 참으로 신기하다. 마음의 병을 앓고부터는 아주 가까운 기억마저도 쉽게 잊어버리곤 했는데, 이렇게 멀리 있는 기억은 그때의 하늘처럼 맑고 선명하게 기억난다. 아니, 어쩌면 지금 내 머릿속에 새겨진 이 기억들은 잊힌 게 아니라 어둠 속에 묻혀 있었을지도 모른다. 나는 스스로를 괴롭히기 위해 벗어날 수 없었던, 악몽 같은 기억들을 삽으로 퍼 올리고 퍼 올려 행복하고 좋았던 기억들을 모두 그 속에 묻어버린 것이다. 마치 잡초가 무성하게 자라난 커다란 무덤처럼.

나는 엄마에 대한 죄책감으로 내가 잘못했던 일들만 떠올리며 늪처럼 질척거리는 흙을 쌓아 행복했던 시절을 모두 덮어버렸다. 마치 살아 있어서는 안 되는 사람처럼, 절대 행복해서는 안 되는 사람처럼. 하지만 이 여행은 그 무덤을 조금씩 허물고 있었다. 적어도 내가 느끼기에는 그랬다.

나는 조금만 힘을 잘못 줘도 금세 부러져 버리는 나무젓가락을 섬세하게 떼어내어 엄마의 그릇 위로 올렸다. 엄마는 의문스러운 눈빛을 보냈지만 새삼스럽다는 말은 덧붙이지 않았다.

한동안 엄마와 나 사이엔 뜨거운 면을 불고 거둬 먹는 소리만 가득했다. 엄마가 젓가락을 모아 국물을 휘휘 저으면 나도 엄마를 따라 똑같이 국물을 휘휘 저었고, 엄마가 젓가락을 벌려 단무지를 집으면 나도 엄마를 따라 똑같이 단무지를 집어

먹었다.

　나는 중간중간 헛기침을 해가며 입안에 든 음식물을 억지로 삼켰다. 그리고 어깨를 나란히 하고 앉은 자리에서 힐끔힐끔 엄마가 국수 먹는 모습을 훔쳐보았다. 엄마가 좋아하는 음식이 엄마의 입술 사이를 지나 혀끝으로, 목구멍 안으로, 식도를 타고 위 속으로. 단순하게 영양을 공급하는 행위가 아니라 맛을 느끼고, 음미하며, 포만감을 느끼고 있다는 사실이 벅차올랐다.

　엄마가 해주는 음식을 먹을 수 있었다면 더 완벽했겠지만, 지금 이 순간, 그저 엄마와 함께 무언가를 먹을 수 있다는 사실에 자꾸만 목이 막혔다. 나는 다급하게 그릇 위로 고개를 내렸다. 속눈썹 끝에 방울진 눈물들이 국물 위로 떨어져 작은 파동을 만들어냈다.

　"그래도 딸이랑 같이 오니까 좋네."

　"엄마는 나보다 지후를 더 좋아하잖아."

　"지후는 막내고 아들이잖아. 넌 맏이고, 늘 스스로 잘하는 든든한 딸이고."

　"그게 무슨 상관이야……."

　"네가 암만 무뚝뚝하고 지후가 애교 많은 아들이라도, 나이가 들수록 엄마를 이해하고 또 그만큼 공감하게 되는 건 결국 딸이더라."

이제는 어느 정도 식어버린, 잔재들만 남은 국수 그릇을 앞에 놓고 허공을 바라보는 엄마의 시선이 아득히 멀어졌다. 엄마는 무슨 생각을 하고 있는 걸까. 나는 엄마와는 반대로 그릇에 시선을 고정한 채 물었다.

"할머니 많이 보고 싶어?"

엄마는 팔짱 낀 팔을 테이블 위로 기대며 긴 한숨을 쉬었다. 그 한숨의 의미가 무엇인지 조금은 알 것 같았다.

"엄마는 언제 할머니 생각이 더 많이 나? 기쁠 때? 슬플 때?"

"글쎄…… 할머니 생각은 언제나 많이 나지. 늘 보고 싶고. 그래도 굳이 따지자면 기쁠 때? 슬픈 건 혼자 어떻게든 참아보겠는데, 기쁜 건 꼭 나누고 싶더라고. 근데 그럴 수가 없으니까 그리움이 해결이 안 되지."

나는 정확히 엄마의 딸이었다. 엄마가 돌아가시고 몇 년이 지나도 혼자 누리는 기쁨엔 익숙해지지 못했으니까. 그런 건 진정한 기쁨이 되지 못했으니까.

"엄마, 나 진짜 궁금한 게 있는데."

"뭔데?"

엄마는 내게 좋은 선생님이었다. 중학교를 졸업할 때까지만 해도 엄마는 내가 가진 문제집에서 못 푸는 문제가 없었다. 특히 수학과 과학은 현역에 있는 선생님이라고 해도 믿을 정도였다. 엄마는 주관적이고 모호한 답을 가진 국어보다 객관적이고 명확한 답을 가진 수학을 더 좋아한다고 했다. 우리 집 식구들은 모두 이과 머리를 가지고 있는데 "유독 너만 문과 머리인 게 차암 이상하다"라는 말을 덧붙이면서.

지금 내가 던질 질문은 엄마가 싫어하는 유의 것일지도 모른다. 그렇기에 한 번도 물어본 적이 없었고, 그만큼 또 많이 궁금한 문제이기도 했다. 나는 또 습관처럼 지난날을 후회했다. 난 왜 그 많은 시간을 엄마와 제대로 된 대화도 나누지 않은 채 무의미하게 흘려보냈을까. 하지만 후회로 뒷걸음질 치는 것보다는 용기 있게 앞으로 나아가는 것이 중요하다는 것을 알았다. 나는 예전처럼 떨어지지 않는 입술을 몇 번씩이나 달싹이다가 겨우 말을 밀어냈다.

"엄마는 앞으로 내가 어떻게 살았으면 좋겠어? 내가 엄마의 꿈이라며. 엄마는 내가 어떤 사람이 되길 바라?"

주관적이고 모호한 물음에 어쩌면 엄마는 대답을 망설일지도 모른다고 생각했다. 할머니의 이야기를 할 때처럼 음, 글쎄, 하며 뒷말을 흐릴지도 모르겠다는 상상을 했다. 하지만 엄마는 그러지 않았다. 엄마는 내 예상을 깨고 그 어느 때보다 단

호하게 답했다.

"꼭 어떤 사람이 되려고 노력하며 살지 않아도 돼."

"……"

"너를 위해 살아. 너를 위한 삶을 살아."

"……"

"엄만 네가 그랬으면 좋겠어."

순간 나는 아무 말도 하지 못했다.

"엄마는 네가 엄마를 닮아서 생각이 많은 삶을 살까 봐 걱정이야."

"……"

"그 생각들이 너를 행복하게 만들 수도 있겠지만, 생각이라는 건 계속 곱씹다 보면 껌처럼 그 모양이 모호해지거든. 그러면 그게 끈적거리면서 후회로 남을 수도 있고, 잘못 삼켜 목에 걸릴 수도 있어. 엄마는 네가 엄마의 그런 부분은 닮지 않았으면 좋겠어. 그러니까 그냥, 심플하게. 너를 위해 살아. 너를 위한 삶을."

엄마는 이미 다 알고 있었다. 내가 가진 습관 중 어떤 것이 나를 아프게 할지, 그로 인해 어떠한 삶을 살아가게 될 것인지. 예나 지금이나 나는 여전히, 엄마 손바닥 위에 있는, 엄마의 작고 어린 딸이다.

"아이고, 벌써 시간이 이렇게 됐네. 지후 곧 오겠다. 얼른 가자."

핸드폰으로 시각을 확인한 엄마가 만 원짜리 지폐로 계산을 마치고 자리에서 일어났다. 나는 차를 세워둔 쪽으로 부지런히 걸어가는 엄마의 뒤를 따르며 손목시계의 시침과 분침을 확인했다. 3시 50분. 시간은 절대 멈추지 않는다. 나는 곧 떠나야 한다. 이곳에 머물 수 있는 시간은 고작 5분 정도밖에 남지 않았다.

나는 파란 하늘 속으로 걸어가는 엄마를 얼른 뛰어 따라잡았다. 그리고 비어 있는 엄마의 팔에 팔짱을 끼고 매달렸다. 열여섯. 중학교 3학년. 이 정도 응석은 괜찮지 않을까. 지금은 나보다 엄마가 더 크니까. 이 정도 어리광은…… 괜찮지 않을까.

"나는 이다음에 엄청 멋있는 어른이 될 거야."

"그래라. 누가 말려."

"나를 위해 잘 먹고 잘 사는 그런 어른이 될 거야."

"그래. 제발 그래줬으면 좋겠다."

엄마는 나와 함께 걷는 내내 유쾌한 웃음을 터트렸다. 나는 어느새 익숙한 자동차 앞에 다다라, 떨어지고 싶지 않은 엄마와 억지로 떨어지며 속으로 생각했다.

꼭 그렇게 살게, 엄마. 내가 엄마의 꿈이니까.

간접
기억

이제는 제법 익숙해진 종이와 나무 냄새가 코끝을 스친다. 사람이 아닌 것들이 만들어내는 조용한 숨소리와 그에 따른 정적이 귓가를 맴돈다. 더는 두렵거나 무섭지 않다. 첫 번째 여행 직후 느꼈던 불안함과 달리 지금은 이 고요함이 평화롭게 느껴진다. 나는 딱딱한 열람실 의자에 앉아 크게 숨을 들이마신다. 감은 눈 사이로 안정감이 깃든다. 늘 검붉은 한숨으로 가득 차 있던 심장이 부드럽게 풀려 묽어지는 기분이다. 마침내 가늘게 뜬 눈꺼풀 사이로 노을과 닮은 빛이 스며든다. 조심스럽게 손을 뻗어 책상 위로 손을 얹자 차가운 나무의 질감이 손바닥 아래로 닿는다.

나는, 다시 이곳에 돌아왔다. 열람실은 변한 게 없었다. 조금 달라진 게 있다면 마치 내게 메시지를 전하는 듯한 물건들이 내 앞에 놓여 있다는 것뿐이었다. 이런저런 기억들로 어질러져 있던 책상은 말끔히 치워져 있었고, 내 시선이 닿는 곳엔 파란 책갈피와 누가 무엇인지 설명해 주지 않아도 알 수 있는 책 두 권이 나란히 놓여 있었다. 나는 책갈피를 한쪽 구석으로 밀어 두고 두께가 다른 책들의 겉표지를 훑어보았다.

2007년 2월 2일
2005년 5월 22일

내 앞에 놓인 책은 내가 떠난 시간 여행의 흔적들이었다. 나는 책표지를 손끝으로 문질렀다. 질감도 색깔도 책을 만든 방식도 책의 제목도, 달라진 것은 아무것도 없었다. 하지만 무언가 변화한 것만은 확실했다. 어서 손을 내밀어 이곳을 펼쳐보라고, 책들이 나에게 말을 걸고 있었다. 나는 첫 번째 기억을 손에 쥐고 천천히 페이지를 넘겨보았다.

~~방문 밖에서 요란한 소리가 들린다. 거실에서 티브이를 보던~~

~~엄마가 3시에 해두었던 병원 예약을 깜빡했다며 목소리를 높~~
~~인다. 나는 베개 옆에 놓아둔 핸드폰을 집어 든다. 시각은 이미~~
~~오후 7시 40분을 가리키고 있다. 병원 문이 닫혀도 진작에 닫~~
~~혔을 시각이다. 나는 생각한다. 다시 예약해서 가면 되지. 저렇~~
~~게 잊어버리는 거 하루 이틀도 아닌데 뭐, 새삼스럽게. 오늘 하~~
~~루도 참 별거 없이 흘러간다.~~

이전의 기억 위로 까만 줄이 그어졌다. 한 장 더 페이지를
넘기자 이전에는 없던 기억들이 새롭게 기록되어 있었다.

아이고, 김지원! 엄마 닳겠다. 고만 좀 불러. 엄마의 목소리가
들린다. 돌아본 곳에는 아프지 않은 엄마가 혼자 힘으로 서 있
고, 살이 빠지지 않아 좋은 체격을 유지하고 있는 엄마가 나를
보며 웃고 있다. 엄마가 웃는다. 엄마는 장난치는 것을 좋아하
고 유쾌한 언변으로 다른 사람을 늘 즐겁게 해주는 사람이었
다는 것을 새삼스레 느낀다. 일방적으로 끌어안은 엄마의 허리
가 따뜻하다. 엄마와 나란히 걷는 길이 어색하다. 엄마를 부축
할 이유가 없으니, 엄마의 손을 잡을 때에도 핑곗거리가 필요
하다. 왜 그렇게 무뚝뚝하고 어리석은 딸이었는지 후회가 된다.
하지만 지금은 후회보단 행동으로 쟁취할 때다. 마주 잡은 엄

마의 손에 울컥 눈물이 난다. 그 위로 쏟아지는 다정한 잔소리가 듣기 좋다. 나는 엄마를 살릴 것이다. 두 번 다시는 엄마를 잃어버리지 않을 것이다. 이제 아빠를 이해한다. 그 무거운 짐을 잠시라도 대신 질 수 있다는 사실에 감사한다. 평소에 하지 않던 말이라 더 많이 할 수 없다는 사실에 목이 멘다. 엄마. 내가 아주 많이 사랑해. 그 말을 드디어 입 밖으로 꺼내어 본다.

고작 한 페이지를 넘겼을 뿐인데 사뭇 다른 온도와 감정으로 새겨져 있는 글자들에 위안을 얻었다. 가슴 한편이 뜨겁게 달아오른다. 기억이란 이렇게 바뀌는 것이었다. 시간 여행의 결과가 고통스럽지 않았다면 그것은 분명 거짓말이겠지만, 여자의 말은 결코 틀리지 않았다. 어떠한 일은 그와 관련된 모든 사람의 선택이 모여 결과를 만드는 것이고, 그걸 내 욕심으로 혼자 뒤바꿀 수는 없다.

나는 최선을 다했고 이제 내가 할 수 있는 건 엄마의 선택을 존중하고 인정하고 이해하는 것뿐임을 받아들여야 했다. 그리고 처음 이 거래를 제안했을 때 여자가 했던 말을 떠올렸다.

"……과거로 돌아가면 뭐가 달라질 수 있죠?"

"지원 씨 생각보다 훨씬 더 많은 것들이요."

결과가 바뀌는 것만이 변화가 아니라는 걸 뒤늦게 깨닫는다. 어쩌면 여자가 했던 말처럼 훨씬 많은 것들이 이미 달라졌을지도 모른다. 이를테면 결과를 바꾸기 위해 노력했던 시간 속에서 오래도록 잊고 지내던, 아무리 애를 써도 기억할 수 없었던, 건강했던 엄마의 모습이 이제는 기억 속에 선명하게 새겨졌으니, 이것은 절대 실패라고 부를 수 없었다.

나는 두 번째 기억을 새롭게 열었다.

~~아빠도 나가고 지후도 나간 오후 1시. 거실에서 늘어지게 티브이를 보고 있는 나에게 어쩐지 기운 없어 보이는 엄마가 다가온다. 그리고 말한다. "엄마랑 같이 할머니 산소에 가지 않을래?" 갑작스러운 물음에 나는 아무 생각 없이 눈만 깜빡인다. 할머니의 산소는 엄마의 친정집과 가까운 산 중턱 가족묘에 있다. 차를 타고 중간까지 올라갈 수는 있지만 그 이후부터는 꽤 많이 걸어가야 한다. 나는 질퍽한 산길을 떠올리다가 이내 도리질을 친다. 딩동. 때마침 울리는 핸드폰 소리에 문자메시지 함을 확인해 보니 영화 보러 갈 건지 말 건지 빨리 결정하라는 친구의 연락이 와 있다. 나는 엄마에게 말한다. "나 약속 있어. 이모들이랑 다녀와."~~

첫 번째 책과 마찬가지로 먼저 기록된 기억 위로 까만 줄이 그어져 있었다. 나는 조금 전 그랬던 것처럼 책장을 한 장 더 뒤로 넘겼다.

산소에 도착해 봉분 위로 자란 무성한 풀들을 내려다보는 엄마의 시선이 비 내린 후의 젖은 땅처럼 축축하다. 왜 이렇게 잡초가 많이 났느냐며 풀을 뽑아내는 손이 느린 것을 보면 엄마는 지금 그리움을 뽑아내고 있을지도 모른다. 할머니가 너무 보고 싶다고, 엄마가 말한다. 그 마음을 이제 나도 이해할 수 있다. 지금 곁에서 엄마를 보고 있는데도 엄마가 보고 싶다. 엄마는 언제나 그립고 보고 싶은 존재라는 것을 뼈저리게 느낀다. 나는 그동안 너무 무신경해 단 한 번도 해보지 못한 질문들을 엄마 앞에 늘어놓는다. 엄마는 뭐가 되고 싶었어? 엄마는 뭘 좋아했어? 엄마는 무엇을 하고 싶었어? 엄마의 진짜 꿈은 뭐였어? 엄마도 엄마이기 이전에 한 사람인데 그런 엄마에게 나는, 오늘 하루는 뭐 하고 지냈냐는 그 흔한 물음 한 번 건넨 적이 없다. 너무 늦어버린 질문에 엄마는 기억이 잘 나지 않는다며 엉터리 같은 대답을 한다. 그리고 말한다. 나를 낳지 않는 일은 절대 없었을 거라고. 엄마의 지금 꿈은, 나라고. 나는 그런 엄마의 뒷모습을 보며 다짐한다. 엄마가 지켜준 이 삶을 정말 멋지게 잘 살아낼 거라고.

새롭게 새겨진 글자들을 하나하나 뜯어보는데, 문득 이게 끝이 아니라는 생각이 들었다. 현재로 돌아오기 직전, 조수석에 앉아 까무룩 잠드는 나에게 분명 엄마가 무슨 말을 했었다. 그게 무슨 말인지는 전혀 기억이 나질 않지만 무겁게 내려앉는 눈꺼풀 위를 엄마의 시선이 몇 번 어루만졌던 것 같기도 하다.

현재로 돌아온 지금, 내 손에 쥐어진 책엔 엄마가 했던 말들이 기록되어 있지 않았다. 그건 대체 무슨 말이었을까. 엄마는 내게 무슨 말이 하고 싶었던 걸까. 아무 소용 없다는 것을 잘 알면서도 어떻게든 기억해 내려고 애를 쓰는 머리에 쥐가 났다. 나는 초조하게 다리를 떨며 입술을 깨물었다. 그럴수록 기억은 멀어져 갈 뿐 손에 잡히지는 않았다.

책상 위로 책을 올려놓고 열람실을 가로질러 걸었다. 앞뒤로 놓인 책장에 꽂힌 수많은 책들이 막다른 골목에 서 있는 나를 흥미롭다는 듯 쳐다보았다. 나는 책들이 보내는 따가운 시선에 뒤통수를 문지르며 생각했다. 혹시 생각의 조각들처럼 다르게 기록되는 기억들이 있지 않을까? 그러한 의문을 품자 내 다리는 보폭을 넓혀 길게 놓인 서점 복도를 뛰어가기 시작했다.

이제야 난 비로소 서점의 목소리를 들을 수 있게 되었다.

서점은 말로 설명할 수 없을 만큼 거대하다. 어쩌면 광활하다는 표현이 더 어울릴지도 모르겠다. 하지만 나는 이제 방황하지 않는다. 서점은 스스로 내게 길을 내어주고 있었다. 어디로 가는지 알 수 없지만, 어디로 가는지 알 필요가 없었다.

　가지고 있는 공간을 최대한 허비하겠다는 듯 널찍한 간격으로 이루어진 복도들 사이 아무도 찾지 않을 것 같은 후미진 골목 하나가 눈에 띄었다. 나는 무언가에 이끌리듯 그 속으로 발을 들였다. 어깨 양옆으로 한 뼘 정도의 공간이 겨우 남는 아주 좁고 으슥한 곳이었다.

그곳에 무엇이 있는지 아직 모른다. 보통의 공간이라면 빼곡하게 책을 담고 있는 책장이 내 주위를 둘러쌌겠지만, 이곳은 그냥 벽으로 이루어진 공간이었다.

나는 그 길이 끝날 때까지 걷고 또 걸었다.

"……웬 캐비닛이지?"

마침내 걸음이 멈춘 곳에서 마주한 것은 철제 캐비닛이었다. 장롱처럼 길게 뻗은 본체엔 양쪽으로 열 수 있는 문이 있고, 쇠로 만든 손잡이 위로는 보안용으로 쓰이는 구식 다이얼이 박힌, 아주아주 오래된 물건이었다. 다행히 녹이 슨 곳은 없었다. 페인트칠의 상태도 양호했다. 다만 문을 여는 순간 손톱으로 칠판을 긁는 것처럼 날카로운 소리가 날 것만 같았다. 나는 차가운 손잡이 위로 손을 올린 채 잠시 망설였지만, 이 물건이 내 앞에 나타난 데에는 그만한 이유가 있을 거라는 확신이 있었다. 내게 주어진 선택권은 없었다. 나는 손잡이를 벌려 굳게 닫혀 있던 철문을 열었다.

끼이이이익. 소름 끼치는 소리가 들렸다. 보안용 다이얼이 있었지만 캐비닛은 잠겨 있지 않았다. 나는 손잡이를 잡은 손에 조금 더 힘을 주어 캐비닛 문을 활짝 열었다. 덜커덩거리는 소리를 내며 감춰두었던 속을 드러낸 캐비닛이 우수수 종이를 뱉어냈다.

"뭐야, 이거."

예상 밖의 상황에 당황한 것도 잠시, 떨어진 종이가 연한 회색빛 갱지라는 것을 깨닫자마자 바닥에 무릎을 대고 앉았다. 촘촘하게 이어져 있는 갈색 나무 바닥 위로 꽃잎처럼 흩어진 종이들은 또 다른 기억이었다. 나는 다른 책들과 다른 방식으로 기록되어 있는 종이를 집어 들고 글자들을 읽어내리기 시작했다.

1990년 7월 24일

ㄱ   아니야. 자세히 봐봐. 콧대가 나를 닮았다니까?

ㄴ   아니 근데 전체적으로 보면 내 얼굴을 더 많이 닮았어.

ㄱ   당신은 피부가 까맣잖아. 우리 아기는 하얀데.

ㄴ   피부색만 그렇지, 눈매가 나를 닮아서 클수록 내 얼굴이 더 많이 나올 거야.

이건 뭐지……?

서점에 발을 들인 이후 처음 보는 기록 방식이었다.

일인칭의 산문 형식이 아닌, 일종의 대본 같은 느낌. 말을 하고 있는 대상이 누구인지 명확하게 적혀 있지는 않지만, 맨 위에 쓰인 날짜와 이야기의 흐름상 'ㄱ'과 'ㄴ'이 누구를 뜻하는지는 쉽게 짐작할 수 있었다. 저 대화는 내가 태어나고 한 달 뒤, 엄마 아빠가 나눈 대화가 분명했다.

그렇다면 이 기록은 무얼 의미하는 걸까? 더 확실하게 이해하기 위해서는 더 많은 자료가 필요했다. 나는 바닥에 흩어진 종이를 한데 모아 왼쪽 면을 그러쥐어 책처럼 만들었다. 그리고 오른손 엄지로 불규칙하게 정렬되어 있는 페이지를 후루룩 훑어내렸다. 그런 행동을 몇 번 반복한 결과 기록 방식은 모두 대화체로 통일되어 있으며, 날짜는 아무렇게나 뒤죽박죽 섞여 있다는 것을 알 수 있었다. 나는 조금 더 나에게 그럴듯한 힌트를 줄 만한 날짜를 찾아 종이 뭉치를 뒤적였다.

"어……? 찾았다!"

서점의 존재를 진지하게 받아들이기로 한 시점부터 서점은 내 편이라는 것을 알았다. 서점은 언제나 내게 필요한 것을 가져다주었다. 지금도 마찬가지였다. 중간에 끼어 있어 찾기 그리 쉽지는 않았지만, 내가 찾던 날짜가 뒤섞인 시간 속에 숨어 있었다.

2005년 5월 22일

내 손에 쥐어진 건 두 번째 시간 여행을 다녀온 바로 그날이

214

었다. 나는 다른 종이들을 바닥 한구석으로 내려놓고 그날의 기억을 눈에 담았다.

　ㄱ　지원아, 자? 별일이네, 얘가 차에서 잠을 다 자고. 피곤한 애를 억지로 끌고 왔나⋯⋯. 그래도 엄마는 오늘 너랑 같이 와서 좋았어. 엄마 혼자 왔으면 정말 외로웠을 거야.

처음 발견한 종이와 마찬가지로 누군가의 목소리가 담긴 글자엔 이름이 없었다. 하지만 여전히 나는 알 수 있었다. 'ㄱ'으로 표기되어 잠든 나에게 말을 걸고 있는 사람은 엄마였다. 조금 전 과거에서 할머니 산소에 같이 오르고, 김이 올라오는 뜨거운 국수를 함께 먹었던 엄마. 저 말들은 아마도 내가 현재로 돌아오기 위해 잠들던 순간, 엄마가 내게 건넨 말일 것이었다. 멀어지는 시간 속에서 어렴풋이 들리던 바로 그 목소리.

그 목소리는 나에게 이렇게 말하고 있었다.

　ㄱ　엄마야 너 가졌을 때 일하느라 바빠서 태교는커녕 좋은 음식도 많이 못 먹었거든. 점심시간마다 시켜 먹는 거라고는 고작 김치찌개가 전부였어. 그런데 너는 매일 똑같은 음식도 마다치 않고 잘 먹는 착한 아기였지. 그래서 엄마는 입

덧이 뭔지도 모르고 뱃속에서 너를 길렀어.

지원아. 우리 딸. 엄마는 너 때문에 억지로 일을 못 하게 된 게 아니야. 그건 엄마를 위한 엄마 스스로의 선택이었어. 엄마는 너한테 정말 좋은 엄마가 되고 싶었거든. 그래서 일을 그만둔 거야. 엄마는 그거 후회 안 해. 시간을 돌려 다시 그때로 돌아간대도 같은 선택을 할 거야.

……울면 안 되는데. 울면 글자가 다 번져버릴 텐데. 참으려 해도 계속 눈물이 났다. 약해지는 것도 싫어하고, 눈과 코가 시큰하도록 우는 것도 정말 싫어하는데, 계속해서 막을 수 없이 눈물이 났다. 종이 위로 떨어뜨릴 수 없어서 손등으로 벅벅 닦아낸 눈물이, 주먹을 쥐느라 손안에서 구겨져 울고 있는 종이 끄트머리에 물들었다. 모든 게 엉망진창이었다.

나는 엄마에게 받았던 사랑만큼 엄마에게 무언가를 해주고 싶어서 시간 여행을 결심한 건데, 시간을 돌리면 돌릴수록 엄마의 사랑은 감히 내가 돌려줄 수 있는 것이 아니라는 것을 깨닫게 된다. 어떻게 그럴 수 있었을까. 어떻게 그렇게…… 무조건적인 사랑을, 받는 것도 없이 주기만 할 수 있었을까. 사람이 태어나며 손과 발처럼 모성애를 가지고 태어나는 것도 아닌데. 어떻게 엄마는 뱃속에 아이가 생겼다는 이유만으로, 그 아이를 낳아 길렀다는 사실만으로, 그렇게 무조건적인 희생을 할 수 있었던 걸까.

알고 싶다. 엄마를 이해하고 싶다. 그렇게 해서 엄마에게 미안한 감정보다 감사한 마음으로 살고 싶다. 더는 엄마를 떠올리며 괴로워하고 싶지 않다.

"아이코. 그게 원래는 연도별로, 월별로 분류돼서 잘 묶여 있는 것들인데. 가끔씩 그렇게 하나둘씩 자리를 이탈한단 말이죠? 참 이상해요. 끈으로 묶었던 구멍이 찢어진 것도 아닌데, 꼭 그렇게 어떤 기억들만 무리에서 빠져나와 자유롭게 돌아다닌단 사실이요. 아무래도 정리를 다시 해야겠어요."

홀로 생각에 잠겨 고요하던 공간에 작은 틈이 벌어졌다. 뒤를 돌아보니 벽에 어깨를 기대고 선 여자가 세상 별일이라는 듯 눈썹을 까딱이고 있었다. 광대 쪽으로 살짝 올라간 오른쪽 입술에 장난기가 다분했다.

"여기 이 기록들은 다 뭔가요? 혼자서 유추해 보려고 해도 도저히 알 수가 없어요. 저런 기억이 내게 있었던 것도 같고 아닌 것도 같고."

눈물로 범벅이 된 얼굴을 쏠어내리며 여자에게 물었다. 여자는 뚜벅뚜벅 운동화 소리를 내며 걸어와 내가 내려놓았던 기억들을 주워 올렸다. 그리고 말했다.

"여기 있는 기억들은 '간접 기억'이라는 거예요."

"간접 기억이라고요?"

"맞아요. 간접 기억. 지원 씨가 조금 전에 그랬잖아요? 그런 기억이 있었던 것 같기도 하고 아닌 것 같기도 하다고. 그 기억은 지원 씨 머릿속에 있기도, 없기도 한 그런 기억이에요."

여자의 말은 들을수록 모호했다. 여자가 일부러 말을 그렇게 하는 건지, 내가 단번에 이해하지 못하는 건지 알 수 없었지만, 여자의 말은 언제나 들으면 들을수록 수수께끼 투성이였다. 나는 다시 뒤를 돌아 열려 있는 캐비닛 앞에 섰다. 캐비닛 문을 열자마자 바닥으로 흩어진 종이들에 신경 쓰느라 상단이 검은색 끈으로 묶여 있는 다른 종이 더미들은 미처 들여다볼 생각도 하지 못했다. 나는 여자의 말을 되뇌었다. 간접 기억. 직역하자면 간접적으로 발생한 기억이라는 건데, 그런 것들이 어떻게 생겨나는지 알 수 없었다.

"우리가 자는 동안에도 귀는 늘 열려 있어요."

"……."

"그건 엄마 배 속에 들어 있는 태아 시기에도 마찬가지죠. 사람들이 왜 태교를 할까요? 배속에 있는 아이도 다 듣고 느낄 수 있기 때문이에요. 하지만 그런 것들은 직접 경험하는 것이 아니기 때문에 지원 씨의 시점으로 기록되지 않고 이런 식으로 다르게 기록되죠. 그래서 간접 기억이라는 이름이 붙여진 거예요."

이제야 제대로 이해할 수 있었다. 내가 태어난 해에 나누었던 엄마 아빠의 대화도, 내가 잠든 뒤에 몰래 털어놓았던 엄마의 진심도. 내가 실제로 기억할 수는 없지만, 이 서점은 모두 기록하고 있었다. 그러니까 나는, 내가 모르는, 내가 알 수 없는, 어쩌면 평생 모르고 살았을 수도 있는 기억들을 꺼내어 볼 수 있다는 얘기였다. 갑작스레 심장이 뛰었다. 무엇을 찾아야 할지도 모르면서 무언가라도 찾은 듯 가슴이 벅차올랐다.

"괜찮으면 이것 좀 다시 캐비닛 안으로 넣어줄래요? 여기는 한 사람이 서 있기도 좁아서 내가 지원 씨 옆을 지나 그쪽으로 갈 수는 없으니까요."

바스락거리는 소리에 뒤를 돌아보니 여자가 종이 뭉치를 흔들고 있었다. 나는 회색빛으로 칠해진 기억들을 받아 들고 캐비닛을 향해 걷기 시작했다. 그런 내 등 뒤로 서점을 닮은 여자의 목소리가 바싹 따라붙었다.

"이제 진짜 마지막이네요. 곧 열람실에서 만나요."

1989년 11월 13일

ㄱ   아이가 생겼다고 허락할 결혼 같았으면, 애초에 반대하지
     도 않았어.

여자의 말이 맞았다. 간접 기억은 내가 태어나기 이전의 것
역시 기록되어 있었다.

ㄴ   엄마. 그 사람 성실해. 앞으로 성공할 거야. 우리 정말 잘
     살 거라고.

ㄱ   다른 좋은 길도 많은데 왜 굳이 가시밭길을 가려고 들어.

ㄴ   가보지도 않고 그게 좋은 길인지 나쁜 길인지 엄마가 어떻게 알아!

ㄱ   그걸 꼭 가봐야 알아?! 아이 때문이면 아이를 포기하면 돼, 연희야.

ㄴ   ……엄마. 그 말 진심이야?

ㄱ   아이를 포기하지 않으면, 네 삶을 포기하고 희생해야 하는 순간이 올 수도 있어!

왜 하필 눈에 띄어도 이런 페이지가 눈에 띈 걸까. 이건 우연일까, 필연일까. 아님, 누군가의 장난일까. 여자가 건넨 종이 뭉치 중 가장 위에 놓인 종이에 이런 대화가 적혀 있었다. 나는 캐비닛 안으로 반쯤 집어넣었던 기억들을 꺼내 천천히 읽어내려갔다. 이 기억은 내가 태어나기 전 할머니와 엄마가 나눈 대화였다.

ㄴ   엄마는…… 어떻게 다른 사람도 아닌 엄마가 그런 소리를 해?

ㄱ   엄마니까! 엄마니까, 이런 끔찍한 소리라도 해서 막아보려는 거야.

ㄴ   그럼 엄마니까, 엄마가 이번 한 번만 나한테 져줘. 나, 결
    혼해서 아이 낳을 거야.

내가 혼전 임신으로 태어난 아이라는 것을 알았을 때 한 번
쯤 상상했던 장면이 있다면 바로 이런 것이었다. 엄마 아빠가
결혼할 때 외가 쪽 반대가 심했던 것을 알고 있었으니, 저런 장
면을 상상하게 되는 것도 무리는 아니었다. 하지만 상상 속에
서 장난스럽게 웃고 넘겼던 일들이 초대받지 않은 손님처럼 현
실 세계로 끼어드니 더 이상 우스운 농담이 될 수 없었다.

나는 시간이 멈춘 듯 멍하니 그 대화를 바라보고 있었다.
엄마가 엄마가 아니던 순간. 엄마도 누군가의 어린 딸에 불과
했던 순간. 엄마이기 이전에 한 명의 사람으로 존재하던 순간.

할머니가 엄마에게 했던 말처럼 애초에 시작조차 하지 않았
으면 어땠을까, 생각해 보지 않았던 것은 아니었다. 만약 엄마
가 스물여덟 살에 나를 지우고 아빠와 결혼하지 않았다면 어
땠을까. 엄마에게도 아빠에게도 그리고 나에게도 상처가 되는
무수한 가정들을 결코 머릿속에서 지울 수 없던 때도 분명 있
었다. 그것은 서점에 발을 들여놓고 여자와 거래를 주고받을
때도 마찬가지였다. 아주 먼 과거로 돌아가 엄마에게 다른 인
생을 선택할 기회가 아직 있다고, 말해주고 싶었다. 하지만 그

건 내가 할 수 없는 일이었다. 시간의 법칙이, 서점의 규칙이 그걸 허락하지 않았다.

마음이 복잡하다. 엉켜버린 실타래를 손에 쥐고 있는 것처럼 가슴속이 막막하고 답답하다. 엄마를 이해할 방법을 찾아 헤맸는데, 오히려 더 벗어날 수 없는 늪에 빠지고 말았다. 기분이 축축하다. 트럼프 카드로 성을 만들듯 차근차근 쌓아 올리던 계획이 와르르 무너지자 뜨거운 한숨에 녹아내린 생각들이 주변으로 진창을 이루었다. 나는 들고 있던 종이 뭉치들을 힘없이 캐비닛 안쪽으로 밀어넣고 눈동자의 초점이 사라질 때까지 좁고 어두운 공간에 몸을 맡겼다.

"이제…… 뭘 해야 하지."

나는 해야 할 일을 잊어버린 사람처럼 초점 없는 눈을 깜빡였다. 흐릿해진 시야엔 흔들리는 불빛처럼 뿌연 캐비닛의 차가운 문짝이 보일 뿐 선뜻 몸을 움직여 찾을 기억 같은 건 보이지 않았다. 나는 족쇄라도 찬 것처럼 무거운 손을 들어 캐비닛의 오른쪽 문을 닫았다. 덜컹. 쓰러질 듯 아주 미약한 힘으로 밀어낸 문이 묵직한 소리를 내며 반대쪽 어깨를 흔들었다. 그러자 미처 닫지 못한 왼쪽 문 안에서 툭, 하고 또 다른 종이 뭉치가 떨어졌다.

1989년 11월 14일.

투박한 끈을 이용해 윗부분을 한일자 모양으로 묶어놓은 종이의 맨 첫 장에 날짜가 적혀 있었다. 그날은 엄마가 결혼을 반대하는 할머니와 말다툼을 벌인 바로 다음 날이었다.

ㄱ   엄마가 아이를 지우라고 했어. 아이 때문에 하는 결혼이면
       더더욱 안 된다고.

날짜 밑에 적힌 대화에서 엄마의 목소리가 들렸다. 엄마는 밤새도록 잠을 못 자 푸석해진 얼굴로 한숨을 내뱉고, 싸늘하게 메마른 손을 들어 울음을 삼키듯 얼굴을 감싼다. 엄마의 맞은편에 앉은 사람은 무거운 짐으로 잔뜩 짓눌려 있는 엄마의 어깨를 다정한 손길로 다독인다. 그 손은 엄마의 손과는 달리 크고 따뜻하다.

ㄴ   어머님은 자기 어머님이시잖아. 자기가 아이를 걱정하듯,
       어머님도 똑같은 마음으로 그러셨을 거야.

아빠의 목소리가 들린다. 두 사람의 목소리는 내가 기억하

는 목소리보다 훨씬 더 젊고 어리며 가족이 아닌 서로를 걱정한다.

ㄱ 자기는 억울하지도 않아? 우리 집에서 그런 취급을 받는 게?

ㄴ 억울하지. 하지만 어쩌겠어. 당장 가진 게 없으니 살면서 증명하는 수밖에 없잖아.

오래된 갱지에 적힌 글자엔 색깔도 없고 특별한 특징도 없는데, 신기하게도 그 속에서 사랑하는 감정이 느껴진다. 이것은 영화도 아니고 드라마도 아니다. 눈에 보이는 것은 오직 까맣게 쓰인 활자뿐. 하지만 내 귀에는 들린다. 그 모습을 상상할 수 있다.

서점은 나에게 엄마와 아빠이기 이전에 서로를 사랑하는 한 여자와 남자였던 두 사람의 모습을 보여주고 있었다.

ㄴ 아이를 낳고 가정을 꾸리는 건 수많은 희생이 필요한 일이라고 했어. 앞으로 우리 삶은 나보다는 우리, 우리보다는 아이가 먼저이게 될 거야.

ㄱ 나도 알아. 엄마 말처럼 많은 게 달라지겠지. 어쩌면 모든

게 달라지게 될 거야. 하지만 그건 희생이 아니라 선택이야. 내가 사랑하는 사람들을 지키기 위한 내 선택에 대한 책임이자, 가장 용기 있고 행복한 결정이 될 거라고 나는 믿어.

첫 번째 여행에 실패해 더는 엄마를 살릴 수 없다는 절망에 빠졌을 때 여자는 말했다. 그것은 엄마의 선택이었다고. 두 번째 여행에서 처음으로 엄마와 깊은 대화를 나눴을 때 엄마는 말했다. 그 또한 엄마의 선택이었다고. 그리고 지금 내 눈앞에 놓인 이 기억이 말한다. 이것이 엄마의 선택이라고. 그 선택은 희생이 아니라 사랑하는 사람들을 지키기 위한 가장 용기 있고 행복한 결정이 될 거라고.

나는 묶여 있는 종이 뭉치를 뒤적였다. 마지막으로 내가 돌아가야 하는 순간은 명확했다. 엄마의 선택이 틀리지 않았음을 내 눈으로 직접 확인하고 싶었다. 나는 조금 전 닫아놓았던 캐비닛의 문을 다시 열었다. 그리고 마침내 그날의 기억을 손에 쥐었다.

1990년 6월 20일.

내가 태어난 날이었다.

ㄱ   아이고, 어쩜 얘는 갓 태어난 애가 이렇게 빤질빤질하니

예쁘니? 보통은 양수에 절어서 찌글찌글 빨갛고 못생겼
는데.

따스한 방안에 웃음소리가 가득하다.

ㄴ 너무 찌끄매서 안아보지도 못하겠네. 얘가 몇 킬로라고?
ㄷ 2.8킬로그램이래.
ㄴ 어휴, 아무리 딸이래도 너무 작다, 너무 작어.
ㄱ 엄마. 엄마도 손녀딸 한번 안아보셔. 요것도 사람이라고 막
    움직여.

대화를 나누는 사람들의 이름이 기록되어 있지는 않지만
알 수 있었다. 저 방엔 엄마와 이모들, 그리고 늦둥이 막내딸
을 걱정하던 할머니가 있었음을.

ㄹ 너도 너랑 똑 닮은 딸 낳아서 엄마처럼 속 좀 썩어봐야 하
    는데.
ㄴ 아이참, 엄마도. 이제 막 몸 푼 애 앞에서 무슨 그런 말을
    해.
ㄹ ……애가 너무 예뻐서 그러지. 지 엄마 닮아서 지 엄마 속

좀 썩여야 하는데. 이건 갓난쟁이가 울지도 않고 너무 순하

잖아. 아무튼 잘 키워. 행복한 건 얼굴에 쓰여 있으니 됐다.

할머니는 그렇게 말하며 엄마의 품에 나를 안겨주었다. 하
얗고 부드러운 천에 꽁꽁 싸여 옴짝달싹도 못 하는 한 줌의
핏덩이는 엄마의 품안에서 눈과 코와 입을 찡긋거리며 자신이
건강하게 살아 있음을 증명했다.

나는 달렸다. 1990년 6월의 기억을 안고서.

이게 마지막 시간 여행을 위한 나의 선택이었다.

세 번째
여행

"어서 와요. 기다리고 있었어요."

돌아오는 길은 언제나 찾아가는 길보다 빠르다. 열람실은 늘 내 곁에 가까이 있었다. 나는 책상에 반쯤 걸터앉아 긴 다리를 늘어뜨리고 있는 여자의 목소리를 따라 고개를 돌렸다. 여자는 한 점 흐트러짐 없는 단정한 모습으로 나를 보며 웃고 있었다.

나는 아무런 말 없이 여자의 손목 언저리를 바라보았다. 여자가 짓고 있는 웃음의 의미보다 까맣게 잊고 있던 물건의 갑작스러운 등장이 훨씬 더 먼저 내 신경을 사로잡았다. 책상 위에 올려져 있는 것은 내 인생의 모든 시간이 들어 있는 '생애 시계'였다.

남아 있는 시간으로 과거의 시간을 다시 살 수 있다면, 지원 씨는 어떤 선택을 하게 될까요?

여자와 나는 과거의 시간과 미래의 시간을 놓고 거래를 했다. 그게 지금 내가 하고 있는 시간 여행의 조건이자, 남들에겐 쉽게 주어지지 않는 기적을 얻은 데 대한 무거운 대가였다. 내가 원하는 대로 시간을 돌릴 때마다 내 수명도 그만큼 줄어들어 갔다. 여자와의 계약을 머릿속에서 지워버린 것은 아니었다. 다만 눈앞에 놓인 희망을 좇느라 내게 남은 수명을 직접 눈으로 볼 수 있는 시계의 존재를 잠시 망각하고 있었을 뿐이었다. 나는 여자와 조금 떨어진 위치에 종이 뭉치를 올려놓고 여자가 던지는 시선을 받아들였다. 여자는 내가 선 자리에서 보다 잘 보이게끔 자신의 뒤쪽에 놓여 있던 생애 시계를 앞으로 끌어당겼다. 멀리서 보기에 시계는 처음과 다를 것이 없었다.

"정말 이생에 미련이 없는 사람이라 할지라도 여행에서 돌아오면 반사적으로 생애 시계의 변화를 확인하고 싶어 하는 게 보통 사람의 마음인데, 지원 씨는 그러지 않았어요. 치밀한 계산 속에 움직이던 다른 사람들과는 달리 오직 시간 여행에만 집중했죠. 그만큼 지난한 후회와 짙은 죄책감으로 과거에 발목이 오래 매여 있었다는 뜻이에요. 과거를 바꿀 수 없다면, 미래는커녕 현실이 어떻게 되든 상관없다는 거였겠죠. 그래서—"

"······."

"지금은 어떤가요? 두 번의 시간 여행을 마치고 마지막 여행을 앞둔 지금, 지원 씨에게 남아 있는 시간이 궁금하진 않나요?"

조용한 공간에 바람이 불었다. 창문도 하나 없이 사방이 막혀 있는 공간에 풀과 흙, 종이, 나무와 물 같은 것들이 한데 뒤엉킨 시원하고도 상쾌한 바람이었다. 이상하게도 나는 그 바람의 근원지가 바다를 닮은 여자의 푸른 눈이라고 생각했다.

"궁금해요. 내게 얼마만큼의 시간이 남았는지. 마지막 여행은 아주 멀리 떠나야 할 것 같거든요."

결과적으로 달라진 건 아무것도 없었다. 나는 내가 끌어안은 죄책감을 덜어내기 위해 엄마의 목숨을 살리고자 분투했고, 과정이 어찌 됐든, 누구의 선택 때문이든, 목표를 이루는 데 실패했다. 하지만 이상하게도 분하지 않았다. 처음 서점에 발을 들였을 때 내 속은 텅 비어 있었고, 첫 번째 여행의 실패로 더는 엄마의 목숨을 살릴 기회가 없다는 걸 알게 되었을 때 이런 상황을 마주하게 만든 여자를 원망했지만, 지금 이 순간만큼은 이상하게도 아무렇지 않았다.

마음이 평온했다. 마치 귓가를 스치고 지나간 서점의 바람이 신기한 마법이라도 부린 것처럼.

여자는 여전히 책상에 엉덩이를 반쯤 대고 걸터앉아 나를 쳐다보고 있었다. 느릿하게 가슴 앞으로 팔을 둘러 팔짱을 끼는 모습에선 그 어떤 감정도 느껴지지 않았다.

"이상하네요. 살고 싶어진 게 아니었나요? 적어도 난 지원 씨가 더는 죽음을 원치 않는 줄 알았는데요."

"맞아요. 살고 싶어졌어요. 더는 죽고 싶지 않아요."

"하지만 시간 여행은 지원 씨의 수명을 기반으로 해요. 그걸 잊어버린 건 아니죠?"

"알아요. 그래서 궁금해하는 거예요. 내게 얼마만큼의 수명이 남았는지, 마지막 여행을 떠날 만큼 충분한지."

여자는 단단하게 끼고 있던 팔짱을 풀고 책상 아래로 내려와 올곧게 섰다. 그러고는 책상 한가운데 있던 생애 시계를 조금씩 앞으로 밀며 내 쪽으로 다가왔다. 시계는 부드럽게 밀려와 내 앞에 멈춰 섰다. 가까이에서 본 생애 시계 안쪽엔 변하지 않고 그대로인, 아름다운 세상이 담겨 있었다.

나는 숨소리가 들릴 만큼 가까이에 선 여자와 눈을 마주쳤다. 여자의 눈엔 작은 파동 하나 없이 고요한 바다가 들어 있었다. 여자는 파랗고 깊은 눈으로, 내가 가져온 종이 뭉치를 손에 쥐었다.

"지원 씨는 이미 알고 있는 거 같네요."

"무엇을요?"

"눈에 보이는 것만이 전부는 아니라는 것을요."

마지막으로 내가 돌아가려는 시간의 날짜를 확인한 여자가 말했다. 여자의 목소리엔 가벼운 웃음이 묻어 있었다.

"지원 씨가 짐작한 대로 지원 씨의 시간은 조금도 사라지지 않고 그대로 있어요."

"……"

"물론 중간중간 변화가 있긴 했었죠. 천둥 번개를 동반한 폭우가 내리고, 바다가 뒤집히고, 그러다 다시 태양이 비추고, 궂은 날씨에 집어삼켜질 뻔한 수평선이 다시 나타나고. 그렇게 제자리를 찾았어요."

"……"

"분명 조금 전까지 아무것도 달라진 건 없다고 믿었겠죠. 하지만 그 아래 혹시, 설마 이것도 변화가 될 수 있지는 않을까, 하는 의문이 있었을 거예요. 맞아요. 첫 번째와 두 번째 여행을 하며 얻은 건강한 엄마의 모습과 힘들게 되찾은 삶의 의지, 바로 그런 것들이 지금 지원 씨의 시간을 만들었어요. 그런데도 여행을 계속할 건가요?"

여자의 검은 재킷엔 먼지 한 톨 없었다. 확실한 존재감을 뽐내며 나무 바닥을 딛고 걷는 체크무늬 운동화에도 흠이 될 것은 없었다. 여자는 처음과 같이 흐트러짐 없는 모습으로 나에게서 조금씩 멀어졌다. 여자가 자로 잰 듯 일정한 걸음을 멈췄을 때엔 우리 사이에 기다란 책상이 있었고 주위로는 절대 무너지지 않을 것처럼 견고한 책장이 성벽처럼 우리를 둘러싸고 있었다.

여자는 책상 위로 들고 있던 종이 뭉치를 내려놓았다. 그 옆엔 다른 기억들 때문에 내가 잠시 밀어놓은 낡은 책갈피가 있었다. 그런 여자의 뒷모습을 향해 나는 물었다.

"지금 남아 있는 시간이면, 그 시간으로 떠날 수 있나요?"

대답 대신 던져진 질문에 여자가 뒤를 돌았다.

"만약 무언가를 얻는 데 실패한다면 지원 씨는 다시 돌아오지 못하고 그곳에서 흔적도 없이, 영원히 사라져버릴 수도 있어요."

처음이라면 곧이곧대로 믿지 않고 의심했을 여자의 말들이 허풍처럼 들리지 않았다. 하지만 처음처럼 지레 겁을 먹고 물러설 만큼 두렵거나 무섭지도 않았다. 여자의 말은 분명하게 일어날 수 있는 사실이었고, 나는 여자의 말이 무슨 뜻인지 역시 이해했다.

천천히 거리를 좁혔다. 여자가 그랬듯 여자가 걸었던 길을 그대로 따라 걸으며 마음을 굳혔다. 그리고 마침내 내가 걸음을 멈췄을 땐, 내가 돌아가야 할 시간과 그 시간을 기억할 책갈피가 내 손에 들려 있었다.

"아뇨. 난 반드시 돌아올 거예요. 내가 뭘 얻을지 이미 알고 있으니까요."

1990년 6월의 날짜 중 20일의 기록이 담긴 페이지를 찾아 책갈피를 꽂았다. 여자는 입꼬리를 올린 옅은 웃음과 함께 내 기억을 받아 들었다. 이윽고 여자가 문손잡이를 잡았고, 나는 그 앞에서 문이 열리기를 기다리며 숨을 골랐다.

여자가 말했다.

"그럼, 잘 다녀와요."

시간 여행자는 시간 여행을 하는 시점의 본인으로 존재한다.

1990년 6월 20일 오후 2시. 처음으로 인생이 시작되는 순간.
　시계는 더 이상 필요치 않았다. 나는 시간의 문을 넘기 전
에 정각으로 맞춘 시계를 여자에게 돌려주었다. 여자는 무슨
의미인지 잘 알겠다는 듯 고개를 끄덕이며 남색 가죽으로 만
든 시계를 손에 쥐었다. 그렇게 마지막 시간을 넘는 순간, 따뜻
한 물결이 나를 감쌌다. 사방이 어두워질수록 내 몸이 작아지
는 것이 느껴졌다. 나는 눈을 감고 되감아지는 시간에 온몸을

맡겼다.

마지막 여행은 아주 좁은 공간에서 시작됐다. 꽉 막힌 곳에 갇혀 있으면 숨을 쉬지 못하는 내게 이곳은 오히려 안정과 포근함을 안겨주었다. 내가 몸을 담고 있는 공간이 사방으로 조여들며 계속해서 나를 밀어내려 들었지만, 괜찮았다. 오히려 그러한 움직임이 당연하다는 듯 본능적으로 저항을 멈춘 머리가 희미한 불빛이 흩어지는 곳으로 나를 인도했다. 그렇게 나는 세상 밖으로 나갈 준비를 하고 있었다.

하루 종일 수영을 하다가 물 밖으로 몸을 꺼냈을 때처럼 차가운 공기가 젖은 몸 위로 달라붙었다. 해방감을 느끼는 동시에 귀로는 들리지 않는 무자비한 소음들이 내 머리를 붙잡고 흔들었다. 어지러움을 느낄 새도 없이 풀을 바른 듯 끈적거리는 눈꺼풀을 억지로 밀어 올렸다. 수십 번의 시도 끝에 간신히 뜨인 눈앞으로 폭포 같은 빛이 쏟아졌다. 통제력을 잃고 구슬처럼 이리저리 굴러다니는 눈동자에 몇 명인지도 확실히 알 수 없는 사람들의 분주함이 담겼다. 자궁 속에서 꺼내어진 내 몸은 한참 동안 공중을 부유하다가 누군가에게 건네어졌다. 나는 뜨겁게 달아오른 그 눅눅한 품이 엄마의 것임을 알았다.

초점조차 제대로 맞지 않는 시야에 엄마의 모습이 담겼다.
"너는 태어나길 워낙 작게 태어나서 낳을 때 전혀 고생스럽지 않았다"라는 엄마의 말과 달리 엄마는 지쳐 있었다. 헝클어진 머리가, 땀이 맺혀 있는 이마가, 풀려 있는 두 눈이, 엄마가 지나온 시간들이 분명 힘들고 고통스러웠음을 생생하게 증명했다.

어쩌면 내가 기대한 순간은 보다 명확한 순간일지도 몰랐다. 이렇게 아무것도 들리지 않고 제대로 보이지도 않는 것이 아니라, 태어나자마자 내 눈을 보고 웃어줄 엄마 아빠의 선명한 얼굴을 기대했을지도 모른다. 하지만 들리지 않는 귀에도, 보이지 않는 눈에도, 사랑한다 말하는 엄마의 목소리와 세상 누구보다 기뻐하고 있는 엄마의 진심이 전율처럼 흘러넘쳤다.

나는 울음을 터트렸다. 그동안 쌓아왔던 응어리를 터트리듯 아주 크게 목을 놓아 울었다. 여기서는 그 누구도 신경쓰지 않고 마음껏 울 수 있었다. 나는 엄마의 품에 안겨 한 줌도 채 되지 않는 몸을 바르작거리며 울었다. 울음소리가 커질수록 엄마의 얼굴이 가까이 다가오는 것이 느껴졌다. 엄마는 큰 소리로 울고 있는 나를 두 팔 가득 끌어안으며 내 머리 위로 입을 맞췄다. 정수리에 나 있는 어린 숨구멍 위로 엄마가 흘린 눈물이 방울방울 떨어졌다. 그 눈물은 내 안에 스며들어 이렇게 속삭였다.

소중하고 예쁜 우리 아가. 너는 내 인생의 전부야. 너를 꼭 행복하게 해줄게.

새빨갛던 핏덩이는 말끔히 씻겨 하얀 천에 둘둘 싸매어졌
다. 옴짝달싹도 할 수 없게 꼼꼼히 닫힌 공간이 편안했다. 내
몸은 여러 사람의 손을 거쳐 마침내 분만실 밖을 나섰다. 엄마
처럼 어렸을 적 할아버지를 여의고 온갖 고생이란 고생은 다
겪어본 탓에 늘 의연하고 크게 놀라는 모습 한 번을 보인 적
없던 아빠가 분만실 앞에 놓인 불편한 플라스틱 의자를 박차
고 일어났을 때, 아빠의 가슴속에서 파도처럼 일렁이던 경이
로움이 분만실 복도에 거대하게 밀려드는 것이 느껴졌다. 나는
간호사의 품에 안겨 어쩔 줄 몰라 하는 아빠의 얼굴을 바라보
았다. 아빠는 두 손으로 머리를 감싸며 소리 없는 탄성을 내질
렀다. 나는 내가 태어날 때부터 딸바보였던 아빠를 알고 있었
다. 드라마를 보면서도 곧잘 울곤 했던 아빠의 두 눈에 별이
박힌 듯 환하게 빛나는 은하수가 쏟아졌다.

아무것도 하지 못할 것을 알면서도 나는 평생의 시간을 건
너왔다. 마지막 여행에서 사용될 마지막 시간들이 어떻게 흘러
갈지 나는 알 수 없었다. 하지만 내 선택은 틀리지 않았다. 나
는 지금껏 내가 틀렸다고 생각했던 엄마의 선택들이 옳았음을,

241

엄마는 매 순간 자신을 위한, 가족을 위한 최선의 선택을 내렸음을 깨달았다.

나는 가만히 침대에 누워 흘러가는 시간에 몸을 맡겼다. 마지막 여행의 시간은 그 어느 때보다 느긋하게 지나가고 있었다. 나는 아무런 무늬도 없는 천장 아래에서 지나온 시간들을 돌이켜 보았다. 얼마나 절박했는지. 얼마나 여유가 없었는지. 얼마나 한 치 앞을 못 봤는지. 내 속이 얼마큼 많은 분노와 원망으로 쉽게 부술 수 없는 벽을 쌓고 있었는지.

처음 이 여행을 시작했을 때 여행에서 내가 얻을 수 있는 건 '죽음'밖에 없다고 생각했다. 그저 스스로 죽음을 선택할 용기가 없는 내게 주어진 최선의 기회일 뿐이라고. 하지만 아니었다. 생각나지 않던 건강한 엄마의 모습을 되찾았고, 엄마의 희생으로 지켜준 이 삶을 지켜내야겠다는 의지가 생겼다. 그리고, 내가 태어나던 순간 마주했던 엄마와 아빠의 행복한 얼굴은 무수한 세월의 흐름에도 평생 잊히지 않을 기억으로 새겨져 앞으로의 나를 살게 하는 이유가 될 것이었다.

나는 이 여행으로 많은 것을 얻었다.

새로운 생명들의 신성한 숨결이 넘실댄다. 하얀 천 밖으로 빼꼼히 드러난 얼굴들이 저마다 웃고 울고 하품을 하며 눈썹을 찡그린다. 나는 그 속에서 다시 태어난 것처럼 숨을 쉰다.

쾌적하게 맞춰놓은 온도와 아늑한 공간에 잠이 밀려든다. 하지만 꾸벅하고 선잠에 들 새도 없이 누군가 다가와 나를 들어 올린다. 나는 능숙하게 아기를 다루는 그 손안에서 다음 순간 내 눈앞에 펼쳐질 풍경을 예상해 본다. 그건 아마도……

"이연희 님 아기 면회 시간입니다."

내가 읽었던 회색빛 종이 속 그곳. 내가 사랑하는 사람들이 따뜻한 웃음소리와 다정한 목소리로 갓 태어난 나를 목이 빠지게 기다렸다며 반겨줄, 내가 알고 있는 바로 그 기억이 만들어진 순간.

"아이고, 어쩜 얘는 갓 태어난 애가 이렇게 빤질빤질하니 예쁘니? 보통은 양수에 절어서 찌글찌글 빨갛고 못생겼는데."

"너무 찌끄매서 안아보지도 못하겠네. 얘가 몇 킬로라고?"

"2.8킬로그램이래. 태어나자마자 눈 뜨는 애는 별로 없다는데, 얘는 조금 특별한가 봐. 동그랗게 눈을 뜨고 날 빤히 쳐다보더니, 으앙 하고 울음을 터트리더라고. 내가 제 엄마인 걸 아는 것처럼."

"어휴, 아무리 딸이래도 너무 작다. 너무 작어. 고슴도치도 지 새끼는 함함하다고 한다더니, 벌써부터 고슴도치 엄마 납셨네."

"엄마. 엄마도 손녀딸 한번 안아보셔. 요것도 사람이라고 막

움직여."

자그마한 나는 큰이모의 품에서 작은이모의 품으로, 작은이모의 품에서 할머니의 품으로 옮겨진다. 엄마는 베개로 허리를 받치고 침대에 기대앉아 여기저기로 옮겨지는 내 모습에서 눈을 떼지 못한다. 할머니는 그런 엄마를 보며 밉지 않은 핀잔을 주지만, 할머니 품에 안겨 있는 내 눈에는 보인다. 엄마가 내게 쏟았던 그 시선을 할머니 역시 엄마에게 쏟아내고 있음을.

"아무튼 잘 키워. 행복한 건 얼굴에 쓰여 있으니 됐다."

"……고마워, 엄마."

마지막으로 나는 엄마의 품에 안긴다. 엄마가 떨어뜨리는 눈물이 톡 하고 내 뺨 위에 미끄러져 내린다. 감당할 수 없을 만큼 커다랗게 느껴지는 감정에 나는 내가 할 수 있는 한 가장 큰 움직임으로 엄마에게 인사를 건넨다.

안녕? 엄마.

안녕. 엄마.

기억서점

모든 것이 끝나고 현실로 되돌아왔을 때, 내 몸은 아름드리 나무에 기대어져 있었다. 눈을 뜨자마자 코끝을 스치는 여린 풀 냄새와 등허리를 매만지는, 거칠지만 단단한 나무의 손길이 이제 모든 여행은 끝났음을, 꿈결 같은 마법에서 풀려나 제자리로 돌아와야 할 순간임을 알려주고 있었다.

　나는 손바닥과 엉덩이에 닿는 축축하고도 강인한 생명들을 온몸으로 느꼈다. 일요일 오후 다디단 늦잠을 방해받은 것처럼 게으르게 감겨 있는 눈꺼풀을 밀어 올리자, 이제는 익숙해져 버린 서점의 거대한 책장들이 잘 돌아왔다며, 네가 무사히 돌아오기만을 기다렸는데 이렇게 다시 만나 기쁘다며 옅은 미소를 보내주었다.

충만하게 차오른 마음과 달리 어쩐지 허무하기도 하고 쓸쓸하기도 한 기분에 오랜 시간 몸을 움직일 수 없었다. 지금 이곳의 시간이 얼마나 흘렀는지 모르지만, 아주 짧은 찰나의 순간을 지나온 것처럼 아쉬운 감정들이 내 주위를 그득하게 맴돌았다.

나는 느릿하게 눈을 깜빡이며 그저 멍하니 시간을 흘려보냈다. 내 몸을 둘둘 감싸고 있던 하얀 천에서 벗어난 것을 해방이라고 해야 할지, 상실이라고 해야 할지 도무지 답을 찾을 수 없어 어디선가 물처럼 밀려드는 무력감에 그대로 잠식당했다. 이제 정말 끝이었다. 이제 더는 엄마를 볼 수 없다는 사실에 막연한 눈물조차 나지 않았다.

언제부터 이곳에 존재했을지 모를 커다란 나무에 기대어 촘촘하게 꽂혀 있는 책장 속 책들을 눈에 담았다. 계획도 없이, 아무런 감정도 없이 그저 무질서하게 훑어내리는 책들은 처음 내가 이곳에 발을 들였던 때와 하나도 변한 게 없는 듯 보이기도 했지만 모든 게 달라진 듯 보이기도 했다.

나는 바람 빠진 풍선처럼 힘없이 늘어져 있는 몸을 일으켜 무작정 앞으로 걸어나갔다. 나무를 품에 안은 화분처럼 둥그렇게 휘어진 책장 안에서 금빛 기둥으로 세워진 생애 시계가 반짝이고 있었다. 조심스럽게 뻗은 손가락 사이로 시계를 감싸고 있는 차가운 유리가 만져졌다.

시계를 뒤집으면 시계 속 세상도 뒤집힐까? 하늘은 땅이 되고 바다는 하늘이 되어 이상하게 뒤엉킨 세상처럼 될까? 불현듯 떠오른 호기심에 고민할 틈도 없이 몸이 멋대로 움직였다.

아래는 위로, 위는 아래로. 반 바퀴를 빙글 돌린 시계 속 세상은 신기할 정도로 미동도 없이, 처음과 같은 모습을 유지했다. 여전히 알 수 없는 낮과 밤. 잘록하게 들어간 허리 위로 늘어진 수평선. 투명한 하늘과 맑은 바다. 사위가 고요한 절벽 끝에서 바라보는 아름다운 풍경 그대로.

"계약이 끝나면 생애 시계는 움직이지 않아요."

"……."

"우리의 계약도 이제 모두 끝났다는 뜻이죠."

늘 그렇듯 소리 없이 다가온 여자가 낮은 목소리로 말했다. 나는 들고 있던 생애 시계를 제자리로 돌려놓고 등 뒤에서 느껴지는 기척을 따라 고개를 돌렸다. 여자는 두 번 정도 말아 올린 재킷 소매 아래로 반짝이는 은색 팔찌를 늘어뜨린 채 나를 보고 서 있었다.

"잘 돌아왔어요."

여자가 웃는다. 무슨 생각을 하는지 좀처럼 알 수 없던 입술에 따뜻하고 붉은 온기가 돌았다. 나는 어느새 편해진 마음으로 여자에게 말했다. 반드시 돌아올 거라고 했잖아요, 하고. 여자는 그런 나를 만족스러운 듯 바라보며 천천히 나와 거리를 좁혔다. 조금씩 가까워지는 여자에게서 희미하게 들꽃 냄새가 풍겼다.

"서점에서 빨리 쫓아내려는 건 아니지만, 여기 있는 것들은 내가 준비한 선물이에요. 돌아갈 때 가지고 가요."

자신의 몸과 책장 사이로 나를 가둔 여자가 내 귓가에 대고 속삭였다. 여자의 시선이 머문 곳엔 서로 다른 모양의 책 네 권과 종이 한 장이 반으로 접힌 채 책장 안에 고이 잠들어 있었다. 나는 끝없는 의심과 불신, 그리고 분노를 넘어 마침내 위로가 되어준 여자를 향해 픽 하고 웃어 보였다. 목덜미 근처로 옅은 숨결을 뱉으며 멀어진 여자가 내게 남겨준 것은 세 번의 여행으로 다시 쓰인 기억과 새롭게 쓰인 기억들이었다.

"이제 정말 돌아가야 하는 거죠?"

그렇게 묻는 목소리에 아쉬움이 넘쳤다. 어쩐지 여자와 헤어지는 것이 그리 달갑지 않았다. 여자는 책장에서 꺼낸 기억들을 내 품에 안기며 고개를 끄덕였다. 이곳에 머무는 건 지원 씨 자유지만, 지원 씨에겐 돌아가야 하는 세상이 있지 않느냐는 말을 덧붙이면서.

흔하디흔한 이별의 순간에 미련이 남았다. 나는 그리 두껍지 않은 책들을 손에 받아 들고 세 걸음 정도 내게서 멀어진 여자와 눈인사를 나누었다. 여자의 눈은 이제 바람 한 점 불지 않는 바다처럼 얕게 치는 파도 하나 없이 고요하기만 했다.

나는 커다란 아름드리나무를 등지고 앞으로 걸었다. 삐거덕거리는 낡은 마룻바닥 소리 위로 조곤조곤한 여자의 발소리가 겹쳐 들렸다. 서점의 길은 언제나 찾아가는 건 멀게 느껴져도 돌아오는 건 한없이 짧았다. 길게 늘인 걸음의 무게가 무색하게 군데군데 칠이 벗겨진 고동색 미닫이문이 손을 뻗으면 닿을 만큼 가까운 거리에 나타났다. 나는 문을 열기 전 마지막으로 서점과 여자를 돌아보았다. 여자는 처음 만난 순간처럼 내 눈을 뚫어지게 쳐다보고 있었다.

"진짜 해야 할 말을 못 하고 갈 뻔했어요."

"무슨?"

"……고마워요. 모든 것에 다."

떠나야 하는 순간임을 알면서 떠나지 못하는 것은 엄마와의 이별이 그랬던 것처럼 이것이 마지막임을 알고 있기 때문이다. 여자는 그런 내게 말없이 다가와 내 어깨 위로 손을 올렸다. 그리고 그 손에 힘을 주어 내 몸을 출입문 쪽으로 바로 세웠다. 그 손길이 전혀 서운하지 않았다면 거짓말이겠지만, 여자는 최선을 다해 나를 배웅하고 있었기에 그리 슬프지만은 않았다.

나는 여자가 선물한 기억을 안고, 있는 힘껏 미닫이문을 열었다. 차가운 겨울바람이 세차게 밀려 들어와 나를 현실로 이끄는 순간, 둔탁하게 닫히는 문소리와 함께 여자의 다정한 목소리가 들렸다.

"잘 가요, 지원 씨."

바깥으로 나서자 사나운 바람이 귀를 베어 갈 듯 날카롭게 불었다. 사위는 온통 어둠에 잠겨 있었다. 아직도 비가 오나 싶어 슬레이트 덮개 밖으로 빼꼼히 내밀어 본 얼굴 위로 함박눈이 떨어졌다.

느린 겨울잠을 깨우듯 시리게 닿는 눈송이에 다시 뒤로 몸을 빼며 겨드랑이 사이에 책을 끼우고 주머니 속으로 손을 집어넣었다.

그리고 그때, 딩동, 메시지 알림음이 울렸다. 그제야 나는 까맣게 잊고 있던 핸드폰의 존재를 떠올리고 주머니 속 깊은 곳에서 핸드폰을 꺼내 불을 밝혔다.

하얀 빛을 쏟아내는 액정 위엔 2023년 2월 28일 오전 12시

10분, 이라는 글자가 쓰여 있었다. 나는 겨드랑이에 끼워놓았던 책을 다시 손에 쥐고, 여자가 내게 건네준 기억의 날짜들을 하나씩 읽어 내렸다.

2007년 2월 2일

2005년 5월 22일

1990년 6월 20일

2023년 2월 27일

2023년 2월 28일

숱하게 이어지는 불면의 날들로 날짜도 시간도 모두 잊고 살았는데…… 서점 문을 열고 다시 세상 밖으로 나온 오늘은 엄마의 기일이었다. 나는 엄마의 죽음을 지키던 시간만큼 서점에 머물러 있었다는 사실을 뒤늦게 깨달았다. 휘몰아치는 바람에 회오리처럼 눈보라가 일어난다. 나는 무자비한 추위에 꽁꽁 얼어버린 손으로 어제의 기억을 펼쳐보았다.

불청객처럼 찾아온 겨울비에 급하게 몸을 숨긴 건물에 아주 오래된, 낡은 서점이 보인다. 건물 벽면으로 'ㄱ 서점'이라는 간판이 붙어 있다. 서점이라는 단어에 홀린 듯 이끌려 문을 연다. 인기척 하나 느껴지지 않는 서점에 정신이 멍해진다.

새롭게 새겨진 기억은 아직 내 머릿속에 선명히 남아 있기 때문인지 책 속에 새겨진 글씨는 금방이라도 사라질 것처럼 흐리게 보였다. 나는 어제의 기억을 덮고 오늘의 기억을 열었다. 아무렇게나 펼친 페이지엔 어제의 기억보다 더 흐린 글씨로 이렇게 적혀 있었다.

고맙다고 말하는 나를 보며 여자가 처음으로 동요하는 것이 느껴진다. 하지만 여자는 내색하지 않는다. 여자는 그저 묵묵하게 걸어와 나를 세상 밖으로 돌려보낼 뿐이다. 여자가 말한다. 잘 가요, 지원 씨. 그 목소리에 서점을 나설 용기가 생긴다.

분명 슬프지 않았는데. 정체 모를 감정들로 일렁이는 마음에 눈앞이 흐려졌다. 후두둑, 눈물이 떨어진다. 그 눈물에 닿은 글자들은 약속이라도 한 것처럼 동시에 증발한다. 나는 퍼뜩 몸을 돌려 서점 문을 확인했다. 하지만 역시나, 회색빛으로 칠한 시멘트 벽만이 나를 바라보고 있을 뿐. 문 같은 것은 처음부터 존재하지 않았던 것처럼, 다 떨어져 나간 간판마저도 이미 흔적도 없이 사라져 버린 뒤였다.

나는 내 손에 남겨진 책들을 모두 펼쳐보았다. 속지는 물론이고 겉표지에 적혀 있던 날짜들도 하얗게 지워져 있었다. 한 순간에 기억이 기록된 책에서 그저 평범한 종이 뭉치가 되어 버린 것들을 보며 나는 미소 지었다. 이번 일로 모든 것이 완전히 치유된 듯 살아갈 수는 없겠지만 지금보다는 앞으로 나아가게 될 거라는 확신이 들었다. 기억서점이 내게 준 것은 삶이 뒤바뀌는 기적이 아니라, 더 나은 삶을 살게 해줄 아주 소중한 기회가 될 테니까.

나는 예고도 없이 마주한 폭우에서 도망쳤던 몸을 눈보라 속으로 내던지며 생각했다.

그래. 기억들은, 기억서점에 있는 게 더 잘 어울리지.

작가의 말

　이야기를 쓰는 사람으로서 그 이전에 수없이 많은 작가들의
이야기를 읽어온 독자로서 '작가의 말' 앞에 작아지는 내가 있
었다. 다른 작가들은 어떤 말을 남겼는지, 또 나는 이 이야기
끝에 어떤 말을 남기고 싶은지 부끄럽지만 아주 오랫동안 고
민했다. 지금부터 내가 써 내려갈 문장들이 내 이야기를 선택
해 준 독자들의 소중한 시간을 허비하지 않는 글이길 조심스
럽게 바라본다.
　어느 순간부터 나는 '기적'이 간절한 사람이었다. 믿지도 않
는 신에게 매일 밤 기도를 했다. 혹시나 하는 기대가 뼈아픈

배신을 당하는 일이 해마다 거듭되었다. 기적. 상식으로는 생각할 수 없는 기이한 일. 신神이 행했다고 믿을 수밖에 없는 불가사의한 현상. 기적은 내 노력으로 얻어지는 일이 아니었다. 기적은 영화나 드라마에서나 나올 수 있는 판타지에 가까웠지만, 그래서 나는 더 기적을 갈구하고, 기적에 관한 생각을 놓을 수 없었다.

나는 왜 허황된 마음으로 기적이 일어나기만을 그토록 간절히 원했을까. 대답은 간단했다. '현실'을 위해서. 내가 가진 현실을 조금 더 나은 방향으로 이끌기 위해서는 그 불가사의한 현상이 꼭 필요했다. 내가 바란 기적은 소설 속 지원의 것과 같았다. 때문에 내가 만든 환상의 세계에는 달콤한 꿈과 희망보다, 혀가 알싸할 만큼 쌉싸름한 현실이 더 가깝게 들어 있다.

이 이야기는 위로와 치유의 글이 아니다. 감히 타인의 현실을 위로하고 치유를 선물할 수 있을 만큼 나는 아직 성숙하지 못하다. 다만 누구나 하나씩은 끌어안고 있을 상실에 대한 진심 어린 공감을 건네고 체온과 같은 온기의 동지애를 전하고 싶었다. 아무것도 아닌 나에게 기적처럼 기억서점이 찾아와 주었듯이, 당신도 당신만의 기억서점을 언젠가 꼭 만날 수 있을 거라고, 여기 이 페이지에서 우리가 만난 것이 바로 그 증거라

고, 그러니 이곳까지 닿아준 당신에게 참 감사하다고 전하고
싶다.

송유정

기억서점

초판 1쇄 발행 2024년 5월 23일
초판 2쇄 발행 2024년 8월 30일

지은이 송유정
펴낸이 김선식

부사장 김은영
콘텐츠사업본부장 임보윤
책임편집 이승환 **책임마케터** 배한진
콘텐츠사업3팀장 이승환 **콘텐츠사업3팀** 김한솔, 권예진, 이한나
마케팅본부장 권장규 **마케팅2팀** 이고은, 배한진, 양지환 **채널2팀** 권오권
미디어홍보본부장 정명찬 **브랜드관리팀** 오수미, 김은지, 이소영, 서가을
뉴미디어팀 김민정, 이지은, 홍수경, 변승주
지식교양팀 이수인, 염아라, 석찬미, 김혜원, 백지은, 박장미, 박주현
편집관리팀 조세현, 김호주, 백설희 **저작권팀** 이슬, 윤제희
재무관리팀 하미선, 윤이경, 김재경, 임혜정
인사총무팀 강미숙, 지석배, 김혜진, 황종원
제작관리팀 이소현, 김소영, 김진경, 최완규, 이지우, 박예찬
물류관리팀 김형기, 김선민, 주정훈, 김선진, 한유현, 전태연, 양문현, 이민운
외부스태프 디자인 데일리루틴 표지그림 BF.

펴낸곳 다산북스 **출판등록** 2005년 12월 23일 제313-2005-00277호
주소 경기도 파주시 회동길 490
전화 02-704-1724 **팩스** 02-703-2219 **이메일** dasanbooks@dasanbooks.com
홈페이지 www.dasan.group **블로그** blog.naver.com/dasan_books
종이 IPP **인쇄** 민언프린텍 **제본** 국일문화사 **후가공** 제이오엘앤피

ISBN 979-11-306-5187-3 (03810)

다산북스(DASANBOOKS)는 책에 관한 독자 여러분의 아이디어와 원고를 기쁜 마음으로 기다리고 있습니다.
출간을 원하는 분은 다산북스 홈페이지 '원고 투고' 항목에 출간 기획서와 원고 샘플 등을 보내주세요.
머뭇거리지 말고 문을 두드리세요.